因為愛，

我們擁有力量。

陳郁如

2022

長生石的守護者

陳郁如

著

目次

第二部　智梟與夔龍

第三部　青銅鈴首刀

推薦序

華文奇幻創作的一道里程碑

杜明城

自從《哈利波特》旋風以來，西方奇幻小說風起雲湧，挾影像媒體的優勢，席捲了整片通俗小說與兒童文學的天空。先有托爾金的《魔戒三部曲》、路易斯的《納尼亞傳奇》和勒瑰恩的《地海巫師》系列以古典之姿驚豔重現；目不暇接的是普曼的《黑暗元素三部曲》、勞瑞的《理想國四部曲》、柯林斯的《飢餓遊戲》、梅爾的《暮光之城》、萊爾頓的《波西傑克森》等。

這些大部頭的著作一波接著一波，題材卻不重複，有的進入中世紀的想像，有的回歸基督的國度，有的來到遼遠的海嶼，有的取材吸血鬼的傳統，有的坐落在惡托邦，有的掉進了希臘的神壇和埃及的古墓……

極為開闊的創作版圖

我們都不禁會想，自己的文學與文化傳統可不可能醞釀出同樣精采的奇幻小說。先是張之路的《漢字奇兵》令人眼睛一亮，馬伯庸的《筆靈》更是讓人驚豔，但這似乎只是他們的隨興之作。直到陳郁如，我們才領略到建立在中華文化傳統的奇幻小說，正像拼布一樣一片片的編織成一套華服。

陳郁如的出現相當程度滿足了中文讀者的心理需求，西方奇幻小說再怎麼好看，讀起來總是有點隔閡；反之，《山海經》、《拾遺記》這類作品所呈現的古代，再怎麼遼遠，總讓我們感到親切。

陳郁如非常善於取材，為青少年書寫的長篇《修煉五部曲》系列看得出西方奇幻小說的影響，但巧妙的糅合了中華文化的元素，很快吸引讀者的目光，立即達到老少咸宜的盛況。接續下來的《仙靈傳奇》系列，無論是《詩魂》、《詞靈》、《畫仙》或是《陶妖》，都可以看出作者的丘壑中蘊藏了極為開闊的創作版圖。她的作品親切，不刻意表現高深，因此帶有和孩童對話的趣味。題材經常推陳出新，靈感似乎取之不竭。

不斷進化的藝術表現

然而陳郁如的創作不僅是為這類奇幻文學定調，扮演了先行者的角色，她的藝術表現也是不斷進化的。

《長生石的守護者》無疑超越了她之前所有的作品，在情節的構築上更為精巧自然。她的想像帶領我們進入故宮商朝的鐘鼎典藏，穿梭於今古之間毫不牽強。一會兒是google搜尋系統，一會兒又來到神巫鬥法的神話時代。讀者隨著破解古物之謎，抽絲剝繭，一層層的捲入故事核心，像推理小說那般引人入勝。伏筆的安排，比先前的著作更能不著痕跡。陳郁如的作品總令人覺得是做足功課而落筆的，古代文化知識豐富了情節的想像，而這也相當程度的符應了她寓教於樂的筆觸。

在我看來，《長生石的守護者》是陳郁如作品的一道里程碑，它令我對作者懷抱更深切的期盼，深信她仍在醞釀著進一步的進化。或許，她的一系列作品也可以成為觸媒，點燃以中華文化為主體的奇幻文學盛況。

（本文作者杜明城，南加州大學博士，前國立台東大學兒童文學研究所教授）

推薦序

一段奇幻之旅，一趟文化尋訪的學習之途

宋怡慧

卡爾維諾曾說：「在青少年時代，每一次閱讀就像每一次經驗，都會增添獨特的滋味和意義。」本書作者陳郁如，從黑暗巫法與長生石的意涵出發，藉由閱讀，想帶給讀者生命的啟示與意義，值得讀者抽絲剝繭的去尋求。

透過閱讀，學習面對人生難關

《長生石的守護者》仍舊延續作者擅長的寫作風格，透過穿越的奇幻之旅，讓讀者經歷現實生活無法體驗的經驗，借助刺激與想像的闖關元素，讓讀者跟著主角不斷跨越、學習，再跨越、再學習，藉由這樣的閱讀經驗，學習如何面對真

實的人生難關，進而自我超越。

我特別喜歡作者善用物件來營造時代的真實感，同時設計出奇幻元素的神祕氛圍。這次，陳郁如要帶著我們到哪個時代去旅行？我們從古物雙羊玉與青銅鈴首刀，就能找到青銅器的商朝時代感。而「羊」與「祥」的雙關意涵，是否具有「吉祥」的隱喻，就值得讀者再三品讀箇中的連結了。

《長生石的守護者》透過潛水、時代古物的書寫，作為主角冒險啟程、修煉啟蒙、有成歸返的媒介，展現出高度精準的故事敘述力。我特別注意到：作者期待讀者，透過小說的情節鋪陳，找到自我對話、價值澄清，甚至是凝鍊而成的人生價值。

文學底蘊，造就奇幻小說的書寫

三千年的時空穿越冒險主軸，輔以溫暖親情的重疊軸線，加上意象之間的完美連結，如「尖尖的黑色傷口」與「山上涼亭裡奕安手腕上的蛇咬齒痕」，提供了讀者閱讀樂趣的小說情節；即便在時空情景不斷切換下，卻不會讓讀者產生錯亂感，抑或是閱讀的違和感。想像力豐富的她，給足讀者推理轉換的線索，不落俗套的畫面勾勒，文字敘述的動態美感，自然樸實的情感流露，章節間無縫接軌的環環相扣，緊湊的張力與意想不到的結局，這些都讓讀者不只大呼過癮，更是意猶未盡。

闔上小說的扉頁，我對作者栩栩生動卻又不慍不火的親情描繪，細膩的筆鋒透出的生命哲思，感到無一不觸動心弦。同時，故事結局的讀後餘韻，叩響思念跫音的功力，更是讓我折服不已。如果要票選最受歡迎的奇幻小說家，陳郁如絕對會是高票當選的。每次她的新作一入「館」（圖書館），學生立即搶讀一空，甚至到了要預約排隊的地步。

郁如在古典文學造詣上的深厚底蘊，總能精準轉換到奇幻小說的書寫，一段奇幻探險之旅，也是一趟文化尋訪的學習之途，她對文字的駕馭能力，果真是寫作界的箇中翹楚。

創作——希望讀者喜歡閱讀

我記得陳郁如曾說：「創作是希望讀者讀了會高興，喜歡閱讀就好。」《長生石的守護者》不只是讓人讀了愛煞它，同時也提供讀者自我探索的價值。郁如以最受人喜愛的奇幻哏為基底，將歷史文化等知識性的「資訊」，加入情意性的「人性美」，以不說教的方式婉轉的呈現：人間某些殘酷的真實，都會在愛與善意中和解。

謝謝陳郁如藉由這般獨特、意想不到的新穎作品，將自己在人生旅程寶貴豐富的經驗，透過《長生石的守護者》一書，讓我們深刻領略：人性純良的光輝，永遠熠熠閃爍。

（本文作者宋怡慧，新北市立丹鳳高中圖書館主任）

推薦序

挑戰想像力的完美結局

邱慕泥

〈靈羊〉和〈智梟〉原是《動物星球推理事件簿》裡的短篇小說，以古今穿越為題材，從古物出發的故事脈絡，讓孩子眼睛為之一亮，深受孩子的喜愛。由於古文物的名詞十分罕見，如：〈雙羊尊〉、〈四羊方尊〉、〈龍冠鳳紋玉飾〉、〈鈴首曲背彎刀〉等，吸引孩子的注意與興趣。

點燃孩子的好奇心

筆者讓讀書會小朋友閱讀《動物星球推理事件簿》，看到〈雙羊尊〉與〈四羊方尊〉等商朝古物，曾讓我們疑惑——這是真的嗎？於是我們上網搜尋，當圖片出現時，「真的有耶！」孩子們發出一聲聲驚嘆。就這樣子，原本僅止於傳說的故事，有了真實存在的文物，曲折離奇的故事也有血有肉的鮮活了起來。閱讀過程中，我們也完成了一小堂歷史搜尋課。因為有古文物的出現，讀者也跟著回到商朝，不只對於古器物產生了濃厚的興趣，更好奇商朝的巫師與國王的權力關係。

作家陳郁如點燃了孩子的好奇心，孩子的好奇心是無比珍貴。因為好奇，他們樂意閱讀，追索劇情；因為好奇，他們樂意找尋真偽，扮起小小偵探。在這樣真實又虛幻的世界裡，享受閱讀與推理的樂趣。

一個完美的結局

除了推理之外，還有歷史故事。作者從古代出發，在現在的社會裡糾纏而引發故事，相當於在一則故事裡，讀者讀到了兩個以上的故事。以〈靈羊〉為例，必先理解古代的六隻羊、大巫奎、巫比之間的恩怨關係，帶著怨氣來到今日世界。回到現代社會的劇情時，讀者又必須清楚希洋、希海與宥銘故事線的發展。

孩子讀完兩則短篇故事，不約而同的疑惑著：「然後呢？」我知道他們意猶未盡的意思，在第二個短篇之後，故事裡的大壞蛋——大巫奎的下場將是如何呢？被燃起好奇心的孩子渴望知道。直覺認為應該會有第三集，當下安撫孩子稍安勿躁，靜心等候。如今傳來令人振奮的好消息，不是第三集，是完整的一本長篇故事，一次看完，不再疑惑。

一直期待〈靈羊〉和〈智梟〉故事最終結局的孩子們，精采的故事來了！作者更上一層樓，將故事發展成一長篇小說，再次以無比奇幻的說故事能力，挑戰讀者想像力，為故事寫下一個完美的結局。

（本文作者邱慕泥，戀風草青少年書房店長）

作者序

融入親情與推理的奇幻嘗試

與商朝青銅器結緣

兩年前，我很榮幸受邀參加一本合輯的創作，在裡面，我寫了一個短篇奇幻小說：〈靈羊〉。

〈靈羊〉是兩段故事的重疊，一段是六隻商朝的靈羊，如何在巫法的能力下，分別進入兩尊吉金酒樽，以及一塊雙羊玉的故事；一段是現代的兩個少年孩子，如何因為一塊雙羊玉而相知相識的經過。一古一今，互相交錯，有奇幻，有推理，也有人與動物、人與人之間的情感。

在寫這篇故事的過程中，我認識了商朝的青銅器。尤其是故事中提到的兩件

〈雙羊尊〉。這兩件酒尊在真實世界分別收藏於日本根津美術館以及英國大英博物館，如故事的情節，這兩件酒尊於二〇一五年在根津美術館一起展出。當時看到這段介紹時，覺得非常特別，決定用來寫成故事。

全新的角色

之後，合輯出了第二集，我延續〈靈羊〉的架構，寫了〈智梟〉。〈智梟〉故事中，兩位主角不變，再加入新的角色：侑銘的父親，把這對父子不能相認的原委融入故事中。而藉由兩個孩子的幫忙，解開十五年前一樁命案的過程，這對父子也與岳父、外公解開了心結。

故事中我同樣取用古物來貫穿整體神祕氣氛。這次我選了〈龍冠鳳紋玉飾〉和〈鈴首曲背彎刀〉，這兩樣古物都是我在兩年前去故宮的時候親眼看見，拍攝照片的。當時看到時，就覺得這兩件很有故事性，造型不繁複，雖不是故宮人氣展品，展示櫃前很冷清，但是我被它們深深吸引，花了好長一段時間好好欣賞。

主角的神祕身分

在這兩則短篇之後，我想把它們整理統合，寫成一則大長篇，把整個故事完結。這是一個大挑戰，如何結合兩篇，再加入新的元素，讓讀者覺得一樣新奇有趣，並不容易，但是寫作過程非常過癮，我也很滿意故事的走向安排。

在這本書中，前面的兩則短篇都有更改和補充，後面新增的篇幅大約占全書的百分之七十五。在新增的部分，我提到主角希洋的神祕身分，她過世的母親在這裡扮演一個非常重要的角色；另外我也照例放入另一個古物的介紹，這是另一件青銅方尊，靈感來源是故宮的〈亞醜方尊〉。不同的是，真正的方尊上面鑄的是四隻象，故事裡的方尊則是四角各有一隻昂首的蛇。

因此，就算讀者已看過之前的兩本合集，再度閱覽這本《長生石的守護者》，仍會在書中找到新書閱讀的樂趣。尤其這本書的推理部分是之前比較少觸碰的，我一向喜歡推理小說，日本的，歐美的，各種推理都會讓我讀得津津有味，這本書中我做了一些嘗試，有身世之奇，有密室之謎，把奇幻跟推理糅合在一起，是新的嘗試。相信讀者一定會喜歡。

第一部

靈羊

1 希洋

希洋瞄了一眼潛水氣壓表，一切都在計畫中。希海在前面游著，他回頭看妹妹一眼，兩人對比著沒問題的手勢，繼續往前。希洋上下踢著蛙鞋，緩慢呼吸，穩定的跟在哥哥後面，一邊游，一邊欣賞周圍的珊瑚礁、熱帶魚群。

希洋現在十五歲，拿到潛水證照一年了，哥哥希海比她大三歲，潛水的經驗更久。三年前，媽媽去世後，爸爸正浩搬到這個靠海的小鎮開潛水店，當潛水教練，兄妹倆在爸爸的教導下，現在都各自拿到進階潛水證照。希洋非常喜歡這個新活動，她愛上海洋，喜歡海洋生物，喜歡在陽光的簇擁下進入海的擁抱，也喜歡在靜謐的夜晚探索黑暗、神祕的海洋。

希海游過一塊凸出的礁岩，右轉往一個像峽谷一樣的地形游去。希洋正要跟上，卻感到腳上有點阻礙，她往下看，有個大塑膠袋纏住了蛙鞋。

希洋皺著眉頭，在海裡面看到垃圾實在討厭，而且垃圾還纏住了她！希洋停了下來，伸手把塑膠袋拿下來，揉成一團，放進BCD（浮力衣）的口袋裡，她抬頭看，哥哥已經往右游了一段距離，她正準備跟上，一股洋流忽然從右後方湧來，推著她往左邊去，拉開她跟哥哥的距離。

洋流的改變不可預知，但也不是沒遇過，並不可怕。希洋被衝出一段距離，趕忙用手指扶住一塊身邊的礁岩，先穩住自己。當她再度抬頭，前方的哥哥似乎被岩石洞裡什麼東西吸引住，拿著手電筒往深處探視，沒注意到妹妹沒緊跟在身後。

希洋跟哥哥隔了一段距離，這道洋流超出她可以對抗的強度，她知道自己無法靠近哥哥，可是哥哥偏偏也專注在別的東西上，沒看到她落在後面。希洋偷偷在心裡把哥哥上上下下罵好幾遍，但是得想辦法引起哥哥的注意。

她一手扶著礁岩，一手拿出小刀，海裡無法喊叫對方，小刀敲著鋼瓶的聲音可以引起同伴的注意。她正伸手往後要敲鋼瓶時，洋流又變強了，手下那塊小礁石承受不住洋流跟她手勁的力量，斷了開來，她沒準備好，被海流帶著往前衝去。

等她被帶出一段距離，洋流才減弱些，總算可以穩住自己。她加了一些氣在BCD，平衡好浮力，放緩呼吸，四周看看，已經看不到哥哥的身影了，剛才拿在手上的小刀也不知掉到哪去。

在海裡掉東西就是這樣，掉了就掉了，不可能回頭撿，她心裡覺得可惜，那是哥哥的刀子，等下他一定會生氣。不過誰叫他只顧自己！

他們一起潛水多次，以前也有過走散的經驗，所以希洋不擔心。他們講好，互相尋找對方一分鐘，找不到不多留，馬上浮上水面，水面上會合。希洋有一分鐘的時間四處看看，或許哥哥也被洋流帶到附近。

這區的礁岩比較高大，可能因為這樣，原本強勁的洋流來到這裡被擋住，比較和緩些。她游過幾個石塊，眼光被一樣事物吸引。她看了一下氣壓表，還有一點時間，如果是垃圾，那就順便帶走。

她游了過去，某個小小的、珍珠色的東西卡在礁石洞中，她伸手拿出來，一時之間不確定是什麼──形狀凹凸不平，摸起來硬硬的，感覺比較像是石頭，可是上面有刻痕，還泛著淡淡的、珍珠般的白光。她覺得有趣，隨手放進ＢＣＤ口袋中。

希洋確定哥哥不在附近，決定開始上升，在離水面五米處，做了安全停留三分鐘。所謂安全停留，意思是潛水時，潛入水裡的深度越深，壓力就越大，氣體溶入血液的量也會跟著增加，氮氣累積在體內的量就變多；浮出水面之前，在離水面五米的深度先停留三分鐘，就可以順利排除體內的氮氣，安全回到水面。三分鐘後，希洋浮出水面，在ＢＣＤ中充滿氣。

「希洋！」那是哥哥的聲音，帶著不耐煩，「妳跑到哪去了？」

「喂，我被暗流沖走了，你只顧著看你的，沒注意到我！」希洋吐掉口裡的呼吸器，也忍不住提高聲音。

「我不是借妳刀子，妳可以敲鋼瓶叫我啊！」哥哥游向她，繼續抱怨。

「我還來不及敲就被洋流沖走了。」莫名其妙，自己疏忽還怪別人。

希海看了她一眼，「我的刀咧？」

「呃……被沖走……」希洋小聲的說。

「喂！那是我最喜歡的刀耶！」希海泡過海水的臉看起來有點變形，現在皺著眉頭，更是顯得歪曲猙獰。還好大家都說她跟哥哥長得不像。

「喂！你妹妹的性命比較重要，還是一把刀啊？」希洋頂回去。

「妳看起來好好的，哪有什麼性命危險！好啦，我們上岸。」希海不耐煩的催促著。

希洋跟哥哥感情沒特別好，也沒特別差，就跟其他人一樣，手足間一定會鬥嘴吵架，然後又一起出海，一起吃飯、看電視。但是哥哥的態度還是讓她很不高興，跟潛水伴失散不是很愉快的經驗，潛水計畫要中斷外，還可能會有危險。他是哥哥耶，應該要照顧妹妹才對啊，居然為了一把刀子跟她吵，太沒風度了！

他們上岸後，哥哥都不說話，她也懶得理他，兩人背著沉重的裝備，走回爸爸的潛水店裡。兩人各自卸下身上的東西，歸位的歸位，沖水的沖水，泡水的泡水。希洋把BCD口袋的東西拿出來，將那個纏住腳的塑膠袋丟進垃圾桶，然後她拿出一塊乳白色的石頭，一時想不起來，怎麼會有石頭在口袋？接著才想到，這就是那個會發光的東西。可是現在拿在手裡，看起來就只是一般的石頭，根本沒有什麼光芒。那時是眼花？還是海裡光線折射？總之，她現在手裡拿的就是一顆石頭，她有點失望，不過還是將石頭放入包包裡。

她背起包包，走路回家。他們家離潛水店不過半條街，三年前爸爸買下鎮上一棟透天三層樓的舊房子，還有靠海的潛水店面，小鎮大街在兩條街外，學校在五條街外，都是走路可到的距離，生活簡單又便利。

希洋不見哥哥，應該是去打工了，她也懶得理他。她爬上三樓的房間，累得躺在床上。不知道為什麼，突然又想起那塊石頭，起身打開包包，將石頭握在手上。

石頭大約十公分長、五公分寬，大部分是乳白色，不過上面有些淺黃色的斑，對著光，有些半透明，她仔細看，發現這塊凹凸不平的石頭呈現出羊的造型。這隻羊呈坐姿，頭轉向左邊，有種安靜祥和的感覺。希洋一向喜歡羊，她記得小時候，會吵著跟爸媽說，她不要屬雞，她要屬羊，爸媽老是笑著搖頭。不過每次買生日禮物，都會記得買羊布偶給她。很多小女生喜歡洋娃娃，她卻喜歡羊娃娃。

她手裡握著這個羊形石頭，心裡馬上喜歡起來，這隻羊刻得並不精細，卻有種古樸的美感。把玩著石頭，翻過來，她發現羊右後腿有些損壞的痕跡。

她用手指輕輕撫摸著那個損壞的部分，忽然心裡產生一股疼惜的感覺，替這隻石羊覺得惋惜，替那傷痕覺得不捨。她自己也有些驚訝，不過是一塊石頭，不知道為什麼自己有一種幾乎心痛的感覺。

就在這時候，冰涼的石頭在她的手心忽然有了溫度，不是傷人的燙，而是一種溫潤的暖度。本來乳白、半透明的顏色開始改變，變得愈來愈淡，要不是石頭的重量依然在手上，彷彿就快要從眼前消失了似的。

希洋瞪大眼睛，看著石頭，更令人訝異的是，這塊本來只是珍珠色的石頭，此時開始發出光芒，整個石頭被一種如絲綢珍珠般的光芒包圍著，就像她在海裡礁岩縫中看到的一樣。

就在這時候，那圈光芒浮動起來，在石頭周圍輕輕晃動，似乎在掙脫石頭，然後那圈珍珠光開始脫離石頭，浮在空中，向上飄了起來。

這實在太詭異了。希洋睜大眼睛，嘴巴也張得大大的。那個漂浮的光讓她想到海裡看到的小水母，圓圓的、半透明的在水裡漂浮著。

她忍不住想用手指碰碰它，這時候，圓形的珍珠光圈居然開始變形，好像有隻無形的手在捏黏土一般，光圈慢慢變成一隻羊的形狀。她伸出手，讓珍珠光的羊停在手掌上。

她仔細端詳這隻羊，跟石頭羊差不多大小，但是長得像一隻活生生的羊，全身是珍珠光芒的毛色，非常漂亮！羊望著希洋，眼神柔和，嘴巴微張，然後動了動嘴，似乎在說話。

沒錯！希洋仔細看著羊，羊的嘴巴在動，臉上的表情也很熱切，很努力的要跟她說話，可是她什麼也沒聽到。

「你在跟我說話嗎？」希洋看著羊，認真的問：「我知道你在說話，可是我什麼也沒聽到。」

羊似乎聽懂了，停止說話，看著希洋點點頭。

「所以你聽得到我，對嗎？」希洋好興奮，想不到可以跟一隻從石頭出來的光羊對話。

羊又點點頭。

「你想說什麼？」希洋問完，就發現不對，自己沒辦法聽到，羊又只能回答「是」或「不是」。

羊歪著頭，似乎在思考什麼，然後定定的望著希洋。希洋正覺得奇怪，準備再想個點頭或搖頭的問題，這時候，她從羊那柔和的眼光中看到一些東西。

說看到並不完全恰當，因為那不是真的有什麼東西出現在眼前，比較像從腦海中看到，像做夢般，但是理解清晰，影像清楚。

2 久遠的商朝

那是在久遠年代的商朝。一個七、八歲的小女孩跟著一個年長女子走在黑暗的山路上，兩人神情驚慌，腳步紛亂……

「娘走不動了，彙兒快走，跑回村裡，去跟爹爹求救。」女子腳步蹣跚，氣喘吁吁。

「我不走，我扶著娘，我們快到了！」彙兒焦急的說。她圓圓的大眼充滿擔憂，攙著母親，才往前走了兩步，女子一歪，倒在路邊。

「妳快走，快走……」她推推彙兒。

「不，娘，妳快站起來呀！」

彙兒拉扯著娘，同時聽到一聲狼嚎。她們整晚趕路，就是要在狼群攻擊之前回到家，可是現在娘親跌坐在路邊，狼群看出她們體弱，更加大膽的圍上來，三對黃濁的眼睛就在身後不遠處，正朝著她們走來，準備進攻。

就在這時候，眼前白影一閃。

「那不是大白嗎？」娘親低喊。大白是家裡的母羊，全身白毛，體型特大。大白朝著她們走來。

「大白，你怎麼來這裡，快回家去。」彙兒推著大白羊，大白羊不但不理她們，還越過她們朝著狼群走去。

「大白回來啊！牠們會吃掉你的！」彙兒大喊。

可是大白就是全身一股勁，眼睛泛著精光，咩咩叫著，朝著狼群奔去。說也奇怪，狼群開始低聲嗚嗚，像是受到驚嚇，隨著大白的接近，一步步後退，然後轉身奔跑而去。

母女倆都看呆了，大白咩咩叫幾聲，確定狼群走遠，過來挨著兩個人，彙兒娘親感受到羊的溫暖，慢慢恢復體力，站了起來，在彙兒的攙扶跟大白的保護下，兩人一羊慢慢的平安走回家。

希洋眼前的場景一換，看到彙兒已經不是小女孩的模樣，大約十五、六歲，在一塊農地跟六隻羊兒一起，她可以感覺到，這六隻羊是大白的孩子，而生下六隻小羊後，大白就去世了。彙兒跟六隻羊兒的感情非常好。

影像中，六隻白羊長得一模一樣，身上的白毛微微發著亮光，好像帶著珍珠的光澤，而眼前這隻從石頭化出來的羊，就是當時的其中一隻。

彙兒跟羊群坐在草地上，羊兒們安詳的嚼著草，彙兒則是滿臉擔憂。這幾天，有一群人來到家裡，他們是大商王的親戚。他們占住了房間，吆喝爹娘準備吃喝，白吃白住，任意糟蹋了好幾天。今天他們說了，有人通報，說彙兒家有六隻罕見的珍珠羊，而且六隻羊有靈性，他們奉命前來帶羊回殷城，準備讓牠們當羊牲，用來祭祀先人，奉獻給神靈，說這是這些羊的福分，也是他們一家的福分。明天就要帶六隻羊上路回都城，還要他們謝過王的恩賜。

彙兒看著太陽慢慢隱在山的那頭，四周光線昏渺不清，沒多久這些羊就要被帶走了，她非常傷心也不忍心，決定趁天黑把羊悄悄放走。

此時天已暗，一輪明月在天上，照看著休息的大地。大商王的親戚們吃飽喝足都在睡覺，彙兒偷偷走出屋外，打開農地的柵欄。

「快，你們快走！這裡會有危險！」彙兒小聲的催促。

平常打開柵欄，羊兒都會開心的往外跑，但是今晚這些羊怎麼都不肯離去。彙兒怎麼催怎麼推牠們都不理。彙兒沒辦法，只好先硬拉著兩隻羊，扯著牠們往外走，她一次沒法拉六隻，所以打算分次帶離。只是這兩隻羊也很固執，彙兒帶牠們來到村外，轉身要回家，兩隻羊看彙兒回頭走，也跟了上來，不肯離去。彙兒嘆口氣，只好又拉著牠們往山上走，一直走了好遠一段距離，確定兩隻羊不跟上來了，她才離開。只是這樣一來，也耗去許多時間，等到彙兒匆匆忙忙再度回到家，發現太遲了。

她回到農地，柵欄裡的所有牲畜都屍橫遍地，四隻羊不見蹤影。她感到巨大的恐懼，抬著發軟的雙腿往屋內走去。

透著窗外的月光，兩個人躺在地上，那是她的雙親，只見他們滿身鮮血，沒有生命跡象。

原來有戍者半夜起來，發現要貢獻給王的羊少了兩隻，而且屋主的女兒也不見了，他們非常震怒，就把屋內外的人畜全數殺光，同時擔心任務沒有完成會為自己招來禍害，就連夜將另外四隻羊帶回殷城。

這些羊有靈性，感覺到這家人將有難，如果牠們全走掉，彙兒回家後就會跟著被殺死，所以拒絕離開。這就是為什麼，兩隻被帶走的羊一直不肯離開，原來牠們在等待屋子內的殺戮結束，戍者都離開後，才讓彙兒回去。

彙兒非常非常傷心，她跪坐在地上，在她的父母身旁陪著他們。她不忍目睹他們身上的刀傷，從屋內拿出被子替他們蓋上。她在昏暗的屋子裡，靜靜的，哀傷的，無助的陪伴著。

彙兒過了好一會兒才回過神，家人都被殺害了，她必須替他們收殮。彙兒小心的移動雙親，此時發現娘親身旁的地上有些細微痕跡，她仔細看，是娘親用最後一口氣，以沾血的手寫下的字：巫比。

她小時候聽過娘親提起巫比。巫比是巫師，會驅魔降福，曾經在宮中擔任巫祝，某一次得罪小王，被流放到南方，之後他流浪各地，幫助過不少人。娘親的意思，是要她去找巫比。

彙兒了解現在只剩自己一個人，這個地方不安全，那些親戚少了兩隻羊，會再度回來找她，就算找不到兩隻羊，也一定會找她頂罪。她一定要趕快離開這裡。彙兒擦乾眼淚，埋葬了爹娘，擦掉地上的字跡。她決定遵照娘親的意思，去找巫比，但是在那之前，她要去山上找那兩隻羊。

兩隻羊彷彿知道彙兒會再回來，就在原地吃草。彙兒好開心見到牠們，但是也替牠們覺得傷心，牠們同胎生的四個手足都被帶走了，彙兒抱著牠們悲傷流淚，牠們也挨著她低聲嗚嗚。彙兒不敢久留，她帶著兩隻羊，離開村落，到南方去找巫比。

彙兒悄悄的到處打聽，各方的訊息顯示：巫比往更南方去了。

希洋眼前的場景再度一換，彙兒跟羊兒們在路上行走，本來陽光普照的日子，卻忽然雲層密集。

彙兒神情緊張，原來珍珠毛色的羊兒在路上行走引人注目，彙兒用煤灰塗抹牠們全身，讓牠們看起來像是黑灰的髒羊。

這天本來豔陽高照，想不到沒走多久，烏雲密布，下起大雨，這讓羊兒身上的煤渣被沖去不少，慢慢露出珍珠色的毛色。

彙兒帶著二羊趕路，希望能找個乾爽的地方避雨，重新補上煤灰。這時，有個騎馬男子從前方迎面走來，他兩眼目不轉睛的盯著二羊，露出貪婪的神色，彙兒心知不妙，可是羊兒走得慢，牠們跑不了的。

這時候，男子看看四下無人，翻身下馬，來到他們面前，從懷裡抽出刀子，對著彙兒揮去，彙兒嚇得尖叫，摔倒在地躺在泥濘裡。其中一隻羊對著男子衝去，在他下手行刺前把他撞倒；另一隻羊對著馬兒凝視，馬兒莫名的嘶吼，往前衝去，男子一手還抓著韁繩，就這樣被馬往前拖走。

彙兒受到驚嚇，但是她不再是軟弱的小孩了，她趕快起身，拉著兩隻羊快跑。本來走路慢慢的羊，這會兒也拔足狂奔。他們化險為夷，彙兒更是感謝二羊的救命之恩。

他們一路艱苦，但是也有好心的人出來幫助彙兒，給她食物，幫她照顧羊兒；也有人勸她把羊兒賣個好價錢，自己找人嫁了，安安靜靜的度過餘生。不過彙兒還是堅持帶著羊兒們，遵循娘親的遺願去找巫比。

經過兩年的時間，終於她來到一個非常南方的小鎮。這裡氣候潮溼溫熱，蟲蚊多得讓她非常不習慣，全身被咬得發紅發熱。她發著高燒，在各戶人家打聽消息，終於在一個山下石屋，彙兒找到了巫比。

這個石屋用許多石板搭成，陽光透過縫隙射入屋內，裡面並不陰暗嚇人。彙兒看著眼前的男子，他又黑又瘦，滿臉風霜，肩膀上停著一隻貓頭鷹，此時似乎在打瞌睡。巫比一雙黑亮的眼睛帶著神祕的光芒，投在彙兒的身上。

巫比看著她問：「妳找我有什麼事？」

彙兒帶著羊，拾起回憶，將事情的經過說給巫比聽。「我家有一隻大白羊，生了六隻小羊，有一天……所以，娘親希望我來找您。」

巫比瞇著眼睛看著彙兒，臉上的皺紋擠在一起，快要蓋住眼睛了。「她希望我施巫術保護妳，讓妳不會也死於非命。」

彙兒點點頭，但是似乎不怎麼在乎自己的性命。「謝謝巫比，不過我想知道，我爹爹還有我娘親的魂魄現在可安寧？」

「我幫妳看看。」巫比說。他拿出一把吉金小刀，看著彙兒，拿著刀對著她的前額揮去，彙兒嚇了一跳，在她能躲閃之前，巫比已經快速的切落彙兒的一撮頭髮。

他把頭髮放在掌心，然後不知道從哪來的黃色粉末，把粉末投入掌心，接著掌心出現一道火苗，燒盡了頭髮。巫比看著灰燼，對著彙兒說：「妳的雙親都很安寧，沒有折磨，妳可以放心了。」

彙兒開心的點點頭，又繼續問：「另外四隻被抓去的羊兒呢？牠們現在在哪？」

「我可以用巫術幫妳看，不過被抓去當牲祭的動物，通常都逃不過被宰殺的命運，我什麼也不能保證。」巫比沉重的提醒她。

「彙兒了解。」她抱著希望，堅強的說。

巫比從懷裡拿出吉金小刀、一片龜甲，還有一些工具。他先拿出一支一端尖銳的細長金屬棒，用尖銳的那端在龜甲上鑽出圓形凹槽。他以龜甲的中間縫隙當分界，採對稱方式，上下左右鑽出排列整齊的四十個凹槽；之後再用另一支金屬棒，在一個個圓形凹槽旁，鑿出另一個棗形的凹槽。此時，貓頭鷹被驚醒，牠拍拍翅膀，似乎不太高興，尖叫了兩聲，瞪大眼睛，看著巫比的動作。

巫比細心完成後，拿出一塊香木，用吉金小刀在上面刻下一些歪歪扭扭的紋路。巫比在香木上撒下一些藍色粉末，粉末碰上香木，馬上燃起藍色的火焰。他同時取下兩隻羊身上的一小撮羊毛，丟入火焰中，火焰從藍色變成珍珠色。這時，他拿著香木對著鑽鑿的凹槽燒烤，同時嘴裡念咒語，全神貫注，只見這些凹槽在熱火燒烤下，迸裂產生不同長度、形狀的紋路。

巫比凝望著龜甲上的紋路好一會兒，直到貓頭鷹再度尖叫一聲。他點點頭，把火弄熄，用吉金小刀在上面刻畫，之後閉上眼睛，身體微微晃動。

「這四隻羊……」巫比聲音低沉，「被送到殷城後，王宮裡的大巫奎看牠們通體珍珠白，認為是靈羊，因此主持了祭典，殺了四隻羊，獻給商王的祖先跟神靈。」

彙兒閉上眼睛，神情痛苦，撫著羊的手微微顫抖。

「牠們的魂魄呢？」彙兒張開眼睛問：「有沒有到達天神的身邊，得到平安跟喜樂？」

巫比再度凝神施法，這次花了更久的時間。「大巫奎收集牠們的鮮血，命鑄工製作陶範，然後將羊血融入滾燙的吉金溶液，把金液倒入陶範，製成兩件酒尊。用巫術將兩隻羊的魂魄鎖在一件酒尊，另外兩隻羊的魂魄鎖在另一件酒尊。商王非常滿意，將這兩件酒尊分別賜給兩個王子，世世代代保佑他們的子孫。」

「啊……」彙兒一聲呻吟。爹娘告訴過她，萬物的生命有限，但是死後的魂魄如果得到天神的眷顧，那會是無上的尊榮與喜悅。「所以，您是說，牠們死後，魂魄還是不得升天，還是被巫法控制住？」

「是的。牠們受困在兩件不同的酒尊裡。」巫比的語氣充滿無奈。

「至靈的巫比，」彙兒跪在他的腳邊，不停的磕頭。「請您用巫法救救四隻羊的魂魄，讓牠們得以自由，日後跟牠們的這兩個兄弟相會，在天上得到天神的眷顧吧！」

巫比搖搖頭。「大巫奎的力量比我大多了，我無法破他的巫法。」

「求求您，一定要幫幫忙！」彙兒磕得更用力了。「牠們的母親救了我跟娘的性命，這兩隻羊也救了我的命，牠們跟我一起長大，就像我的手足家人啊！」

巫比望著她，若有所思。他伸出乾枯的雙手，握住彙兒的手，放在藍火上。「妳這麼執意，或許，我可以借用妳部分的力量。巫者有巫者的力量，人有人的力量。」

「真的？」彙兒問，心中抱著一絲希望。不過巫比已不再言語，彙兒感到一股藍煙從火中升起，熱氣在兩人的手指間流竄。

巫比張開眼睛緩緩的說：「聽著，我的巫術有限，沒有能力解開大巫奎的巫法，但是，我用巫法將妳我的力量傳給酒尊裡的魂魄，數千年後的某一天，兩件酒尊會相遇，魂魄的力量就會增強，到時候就可以打破大巫奎的咒語，釋放四隻羊的魂魄。」

「那牠們就可以到天神身邊？找到兩隻羊的魂魄，從此永遠在一起了？」彙兒期待的問。

巫比再度向遠方的四隻羊探索心念。「牠們慘遭殺戮，魂魄被迫禁錮，怨念已升，恐怕不是如此順利。」

「什麼意思？」彙兒焦急的問。

「怨念帶著邪氣，會危害人間。」

「那怎麼辦？要怎麼解？」

巫比沉吟，看著彙兒身旁的兩隻羊，用手輕輕撫摸牠們，閉上眼睛。「牠們的兄弟或許可以幫忙。」

「求巫比示下。」彙兒又下跪又磕頭。

巫比從懷裡掏出一塊圓形玉石，施以巫法，讓吉金小刀在玉石上雕刻，沒多久，雕出一塊兩隻羊相連的雕像。巫比對著玉雙羊，再度施法。

「商王知道還有兩隻羊在人世，會派人來追殺妳，不過放心，我的巫術雖然沒有大巫奎那麼高強，但是保護你們綽綽有餘。你們不會被找到，可以安享天年，自然的結束生命。而這兩隻羊死後，魂魄會附在玉石上。我告訴牠們，其他四位兄弟需要牠們倆的引導，六隻羊才可以一起升天見天神，所以牠們自願將魂魄附在玉石上。等到兩件吉金酒尊相會，四隻羊的魂魄被釋放，這兩隻羊的魂魄就可以引領著牠們一起去見天神了。」

巫比說完，將玉石放在彙兒的手掌心。「好好保存，玉石可保你們三個平安。」

彙兒大喜，接過玉石，放在手心端詳。

3 雙羊玉

到這裡，腦海的影像消失，希洋發現自己跟彙兒最後一幕的動作一樣，仔細的看著手中的石頭。

她理解，原來這不是一般的石頭，這是一塊玉，是商朝流傳下來的。只是，跟剛剛看到不一樣的是——現在這玉只剩下一隻羊，另外一半已經不在了。

「妳聽得到我嗎？」一個細微的聲音傳來，希洋抬頭，是來自那隻泛著珍珠光芒的羊。

「可以！我聽得到！」希洋興奮的喊著。

「太好了！」小羊輕柔的語氣帶著開心。「巫比的通心術總算有效了。」

「為什麼之前我聽不到你的話？」希洋問。

「妳還是聽不到，我不會人語，就算我會，我說的也是商朝人說的話，妳不會懂的。我用的是巫比的通心術，用心意溝通，不是語言。妳看了我傳給妳的影像後，跟我的心念更加接近，所以通心術才發生效用。」雖然聽到的不是小羊的語言，但希洋可以感受到牠耐心、溫暖的解釋。

「所以，那些都是真的？」希洋對於商朝的巫術又好奇又敬畏。「你就是兩隻倖存的小羊之一？」

「是的。」

「你有名字嗎？」希洋又問，她同時也自我介紹：「我叫希洋。」

「本來我們六個也沒有什麼名字，後來只剩下我們兩個後，彙兒跟我們相依為命，她就叫我羍（ㄊㄚˋ），另一個兄弟是羒（ㄈㄣˊ）。」

「羍……」希洋喃喃的說：「想不到，我居然撿到一塊商朝的玉，而且上面還有羊的魂魄……」

「希洋，我希望妳不要將這件事告訴其他人，但是我需要妳的幫忙。」羍溫柔的聲音變得嚴肅，而且帶著憂傷。

「好，沒問題，我答應你。發生什麼事？我可幫上什麼忙？」希洋想想，這種事說出去，應該也沒人會相信吧！

「妳剛剛也看到了，妳手上的玉，應該是兩隻羊坐臥在一起的。」

「另外那隻就是羒，對嗎？我正要問，為什麼玉的另一半不見了？」

「彙兒帶著我們遠離殷城，逃開追殺，我跟羒的壽命結束後，魂魄進入了雙羊玉中，彙兒帶著玉一直到老去，死後這玉跟著她入土。我們耐心等著兩件酒尊相遇，六隻羊的魂魄可以一起上天去見天神。」牵緩緩的說：「幾千年過去，有天，有人鑿開彙兒的墓，拿到雙羊玉，我和羒很開心，終於出土見到天日了。我們倆現身在這人的面前，結果這人驚嚇過度，以為遇到什麼妖怪，請了道士來施法，道士法力微薄，當然沒辦法滅了我們，但是他把玉鑿成兩塊，以為這樣就沒事了，還將兩塊玉分別丟進大海裡。」

「我們的魂魄是跟著玉石一起的，兩塊玉石在海裡失散了，我跟羒也就失散了。」牵嘆了一口氣。

「我懂了，所以你希望我不要告訴別人，就是怕有人受到驚嚇，又傷害你。」

希洋點點頭。「不過，你為什麼要現身呢？如果不現身，我也不會知道這些事，不是嗎？」

「沒錯，但是我必須冒這個險，因為我可以感覺到，那兩件酒尊快要相會了，四隻羊的魂魄就要掙脫大巫奎的巫術，出現在人間，我跟扮一定要在一起，才能帶牠們去見天神。不然牠們的怨魂會造成莫大的傷害。」

希洋感到一陣不安。「你、你該不會希望……我幫忙找到另一個羊形玉吧?!」

「妳可以的！妳不是找到了我嗎？無邊無際、深遠遼闊的大海，妳可以找到我，一定也可以找到扮！」夆熱切的說。

「你也知道海有多大，我找到你真的是運氣啊！」希洋頓了頓，補充說道：「我當然願意幫忙，這是非常渺茫的事。不要說海這麼大，有多難找，說不定牠也被其他人撿起來帶走了，這樣，牠可能在海裡、在陸地上，等於可能在世界的任何地方啊。」

「希洋，求求妳，請一定要幫忙啊！」夆苦苦的哀求。

希洋一向喜歡幫助人，有人說她雞婆也無所謂，像是每次潛水看到垃圾，她也會撿起來。不像哥哥，都覺得那不關他的事，反正清也清不完，而希洋就會覺得只要盡一己之力，撿一個就少一個。可是，伞的要求實在太難了，她會潛水，非常了解海面下環境多變，洋流的方向、力量，都不是任何人可以預知的，要去找一塊小小的玉石，真的是不可能的任務啊！

「你說兩件酒尊要相會，它們長什麼樣？什麼時候在哪相會啊？」希洋好奇的問。暗暗的想，或許可以在找到另一塊玉羊之前，先阻擋它們相遇。

「那是不可能的，」伞好像知道她在想什麼。「該發生的運勢就是會發生，阻止不了的。而且，我也不知道它們長什麼樣子，什麼時候會相遇，我只能感覺到這麼多。希洋，妳剛才也知道了，巫比說，牠們的魂魄充滿怨恨，那樣的力量會危害世間啊！」

「我一定盡量幫忙。」希洋一股豪氣升起，只是她不免暗想，這要從哪找起呢。

伞高興的踏著腳。「妳把我帶在身邊，只要靠近羒，我就可以感應到牠的存在了。」

「喂，你不要偷聽我的想法啦！」希洋嘴裡抗議，不過她很佩服，這樣的確容易多了。

「不是故意的啦，如果妳心裡想的事跟我們有關，那我自然會感應到。」夆解釋著。

「希洋！」哥哥在樓下喊，同時也有腳步聲爬上樓來。

「是我哥，你快回石頭裡。」希洋催促夆。

「那是玉，不是石頭。」夆瞪了她一眼，珍珠光一閃，希洋手中只剩一塊玉石。她趕快將玉石放進抽屜裡，哥哥正打開房門。

「我不是說，要先敲門嗎？」希洋口氣不耐煩，不過這種事已經吵了好幾遍，希海從來不在乎。

果然哥哥完全不理她。「妳是不是拿走了我的黑色外套？」他不等希洋回答，逕自去床上那堆衣服翻找。

「喂！你不要碰我的東西啦……」希洋奔過去，試圖阻止希海，但是希海已經撈起一件衣服，正是那件外套。

「妳看！跟妳講過，不要拿我的衣服！」希海瞪她。

「誰稀罕你的衣服啊，是爸爸上次收衣服時沒弄清楚，放我床上的耶！」希洋氣呼呼的把散了滿床滿地的衣服收在一起。

「那妳不會拿給我啊？」希海的話聽起來真是無理。要不是希洋希望他快離開，好繼續跟夆講話，真的會跟他吵起來。

希海看希洋不理他，以為她怕了，乘勝追擊的說：「妳用我的東西都不愛惜，像是那把潛水刀，我打工存好久的錢才買的，我自己都沒用幾次，妳就弄丟了。那時候我在便利商店上夜班……」

哥哥又在說那個上夜班時遇到搶劫的事情，說那有多嚇人、多可怕，她覺得希海碎碎念的功力其實一樣恐怖。

「你有完沒……」希洋覺得自己的眼球都要翻到屁股去了，正想趕哥哥出房門，忽然靈機一動——潛水小刀！

「哥，對不起啦，不然這樣，明天我們再下水，去找找看，說不定可以找回來？」希洋盡量讓自己的表情看起來真誠又抱歉。

「什麼?」希海疑惑的看著她，希洋不跟他回嘴，還主動提議幫忙，這太出乎常理了。

「好啦，就這樣，你這麼辛苦打工買的，丟掉好可惜。」希洋努力保持眼神的真誠，不往後翻。「總要試試看嘛，沒試肯定沒機會，說不定可以找到呢!」

「也好!」希海還是有點困惑，不過看希洋這麼積極，他的態度也緩和下來。「我今天在礁岩洞看到一個亮亮的東西，不過發現妳不見了，我只好趕快浮出海面，沒仔細找，明天再去看看。」

亮亮的東西?會不會剛好就是另一個玉羊?希洋心裡怦怦跳，不管怎樣，明天下海去看看。

希洋確定哥哥下樓後，拿出玉羊，牟又出現在眼前。

「剛剛有沒有聽到?」希洋興奮的問。

「沒有，跟我們有關的，我才感應得到。」牟說。

沒聽過這麼自私的法力，希洋又忍不住翻白眼。「你不是要我去海裡找另一個玉羊嗎?爸爸不允許我一個人潛水，所以我要哥哥陪我去，他答應了!而且他還說今天也在海裡看到一個亮亮的東西，說不定就是另一個玉羊。」

「太好了！」伞也顯得開心。「希望在兩件酒尊相會之前，可以找到玢。」

不知道那兩件酒尊長什麼樣子？希洋充滿好奇，打開桌上的電腦，在搜尋引擎打入「商朝，吉金酒尊」，結果出現一堆青銅器的照片。

「這些看起來是酒尊沒錯，可是不應該是這樣綠綠的，應該是金黃色的！所以我們才叫吉金。」伞也湊上來看。

希洋再繼續搜尋，讀了一些資料。「你說的沒錯，純銅是帶紅色的，但是純銅製品過軟，夏朝的人就知道加入錫和鉛來製作青銅器，等到青銅器冷卻變堅硬，的確是金色的，或許就是你說的吉金。可是埋在地下幾千年，經過氧化鏽蝕，表面形成了鏽斑，就是現代人看到的青綠色。所以我們才叫青銅器。」

「原來如此。」

「只是你看，」希洋指著電腦螢幕，「酒尊的造型這麼多，怎麼知道是哪兩件？」

「商王拿牠們做牲祭，會不會做成跟羊有關的酒尊？」伞的建議不錯。希洋重新打入關鍵字：羊，青銅器，酒尊。

「哇，好多不同的羊造型青銅器。」希洋一件件看下去。

「你看這個！」希洋瞪大眼睛指著螢幕，「〈四羊方尊〉，好漂亮的酒尊啊，而且剛好四隻羊耶！會不會就是你的兄弟？」

夆搖搖頭，冷靜的說：「巫比說牠們被製成兩件吉金酒尊，所以不是這件。」

「對吼。」希洋嘆口氣。眼光依依不捨的離開，這件青銅器造型華麗，雕刻精緻，栩栩如生！雖然不是這件，但也給了希洋靈感。四隻羊分到兩件酒尊，每一件酒尊就會有兩隻羊。

她再重新輸入關鍵字：青銅，雙羊，酒尊。

出來了！她眼睛發亮，眼前這座酒尊是兩隻羊背對背，兩羊背上托著容器，上方是橢圓形的開口，全身布滿鱗紋，側面還有饕餮紋。兩隻羊的兩隻前蹄則形成酒尊的四足。

「會不會是這個？」希洋問。

「我也不確定，有可能。」夆看著電腦螢幕，終於忍不住問：「這是什麼？

是你們的天神嗎？妳在請神祇給答案嗎？」

「哈哈哈……」希洋忍不住大笑，對於一隻商朝來的羊，要解釋現在的電腦網路的確不容易。「不完全是，不過也差不多啦！這叫電腦，我的確在跟它問線索。」

「那它可以占卜這件酒尊在哪？」牽問。

希洋查詢了一下。「這座雙羊尊被收藏在大英博物館，那是在英國，在遙遠的海的那端。」

她一邊補充說明，一邊繼續查資料，發現另一個連結，她點開來看，忍不住手心冒汗。她把訊息念出來。

「東京根津美術館即將舉辦『動物禮讚』特展，根津美術館收藏許多珍貴的中國青銅器，最引人注目的館藏是商朝〈雙羊尊〉。本展特別邀請大英博物館一同展出另一件類似的青銅器館藏。收藏於大英博物館的商朝〈雙羊尊〉，與根津美術館之館藏造型相似，都是雙羊相背、頂著酒器，但各有細微差異，大英博物館的〈雙羊尊〉，羊的下巴跟下腹有鬍鬚。世上只有這兩件相似的青銅器，能同時在展場出現，將是難得的盛會。美術館將舉辦揭幕儀式，讓兩件作品在開幕當天正式見面。」

她抬頭看著羍。「這一定就是你說的，兩件酒尊將要相會！你兄弟的魂魄即將脫離大巫奎的禁錮，重現世上了。」

羍的表情凝重。「看來，真的要發生了。」

希洋看了一下展覽日期，「是下星期，還有七天！」不管是大英博物館，還是根津美術館，都是大型機構，這樣的展覽定下來，幾乎不可能更改，就像羍說過，該發生的運勢是不可逆的。

「你們的巫法，比商朝的巫法強上許多，不僅能看到酒尊的樣子，還知道它們的所在，甚至能精確的預知未來，而且還不用人牲、動物牲的祭祀，太令人佩服了。」羍感嘆的說。希洋聳聳肩，網路這東西，跟巫術確實很像。

「我們有七天，一定要找到另一個玉羊。」羍抱著希望說。

希洋不敢抱太大希望，不過也願意試試看。

4 馬克杯

第二天，她跟哥哥再度下海。這次她要求游在前面。「我知道哪掉的，我領路。」哥哥聳聳肩，沒有反對。

希洋把玉石放進口袋，這樣玉羊如果感受到什麼，就可以盡快告訴她。

他們像昨天那樣，潛到峽谷附近，哥哥向前指指，她大方的表示同意，其實她自己更好奇那個亮亮的東西是什麼。

他們往前游，哥哥用手電筒往珊瑚礁岩洞內照去，果然有個銀色的東西在裡頭，哥哥用手去搆，拿出一個銀色的錫箔紙。

她有些失望，不是玉羊。她轉過身，往另一個方向游去。

她先經過昨天跟哥哥分散的地方，四處看看，沒有刀子的蹤影，也沒有什麼珍珠色的玉石。她再往前游，盡可能緩慢的踢水，仔細在砂石礁岩間尋找。

忽然，她感覺腳踝被拉扯，回頭一看，是哥哥。他指著前方，抬頭看，前面一片海扇珊瑚本來隨著波浪輕微晃動，現在全部朝著一個方向低垂，身旁幾株大海葵的觸手也是朝著同一個方向晃，她知道前面有強勁的洋流通過。

希洋對哥哥手比OK，心裡謝謝他對環境的注意，自己太專注找東西，沒有盡到領頭的責任，太不應該了。哥哥表面凶她，其實還是會照顧她，替她顧前顧後。她避開強勁海流，往另一方向游去，四處張望時，看到面罩右下角銀光一閃，她轉過頭去看，是那把小刀！

她趕忙轉過身，游了過去，撿起小刀，哥哥這時也跟過來，眼睛瞪得大大的，不敢相信真的找到了。希海對她豎起大拇指，表示萬分佩服，然後接過小刀，放入刀鞘中。希洋非常開心，畢竟弄丟哥哥的東西還是很內疚，她看了一下氣壓表，還在計畫之內，不過已經接近回頭的標準，她估算著還能找多久時，聽到夆的聲音。

「我感應到了，在妳後面。」

希洋轉過身，仔細看去，沒有任何珍珠光芒，也沒有像玉石一般的東西。

「在那個石頭後面。」夆又說。

希洋繞過石頭，這邊有一堆塑膠瓶、飲料瓶。但還是沒看到。

「沒有啊，你還是有感應嗎？」希洋嘴裡有呼吸器不能說話，不過還好夆聽得到她的想法。

「在那個紫色的東西下面。」夆說。

希洋過去，拿開一個紫色的寶特瓶，下面是一只馬克杯。她拿起馬克杯，夆的聲音傳來，「對，就是這個，我感應到這跟玢有關。」

希洋實在很懷疑，一隻商朝羊的魂魄，怎麼可能跟一只現代的馬克杯有關？難道玢離開玉石，附身到這個杯子上？不過既然夆這麼說，她就留下來。

這時哥哥也游了過來，做個上升的手勢，希洋點點頭。兩樣東西都找到了，太開心了！

兄妹倆一前一後回到岸邊，希海興奮的拿出小刀把玩。「哇！居然找到了！」他笑得嘴開開的。

「我就說嘛，果然要試試看！」希洋有點心虛，她本意不是要找小刀，不過現在也很開心找回了哥哥心愛的小刀，而且他還在水底救了她。

「謝謝啦！」希海由衷的說。

希洋在店裡先沖洗乾淨，再走路回家。她迫不及待拿出玉石，讓牽現身。

「這個杯子就是你要找的東西？扮在裡面嗎？」希洋問。

「牠不在這裡，但是牠跟這個杯子有關聯。」牽說。

「什麼樣的關聯？」希洋問。

「我不確定……妳把我的玉羊放進杯子裡看看。」牽說。

希洋照著做，牽閉起眼睛。「嗯，我感覺到扮，牠的玉石在這裡待過。」

「玉石不會自己跑進杯子裡，一定有人像我這樣，把玉石放進去。」希洋說。看著杯子，感覺有點眼熟，對了，她想起來了。半年前，哥哥打工的便利商店推出集點送史奴比馬克杯，噱頭是馬克杯是特別客製的，集滿點數後去兌換，給店員想要放在上面的照片，過一個星期再去取貨。就算不想客製，上面史奴比的漫畫還是很有收藏價值。

希洋仔細看了一下杯子，這是客製的，一面有史奴比的漫畫，另一面是一張照片，照片上是一個年輕女子，在海灘上，戴著草帽，微笑的側臉迎向陽光。

「這個女生拿過玉羊嗎？」希洋問。

傘搖搖頭，「我也不知道。」

「我們要找到這杯子的主人，不知道為什麼她不要了。」希洋手裡把玩著杯子。「只是，要去哪找這個人呢？」

「妳要不要卜問電腦？」傘問。

「唉，電腦跟巫法一樣，也是有限度的啊！」希洋嘆口氣。

這時候，哥哥在樓下喊著：「希洋，我去打工了！」

「好！」希洋隨口應答，然後猛然跳起來。「哥，等一下。」

她衝著跑下樓，希海正戴上安全帽。「哥，可不可以幫我一個忙？」

「什麼事？」

「你記不記得史奴比馬克杯？你們店裡集點的贈品呀？」

希海想了想。「記得啊，妳想要？那個是限量的，已經沒有囉。」

「不是啦，這是我今天在海裡找到的，」希洋給他看杯子。「不知道是誰弄丟的，那個人一定很著急，我想找到杯子的主人。」

「這要去哪找啊？」希海皺著眉頭，就要發動機車了。

「我還不是在海裡找到了小刀？說不定找得到啊！拜託幫個忙啦！」希洋攔著他。

「怎麼幫？」想到希洋這麼用心找刀子，希海也不忍拒絕。

「這個杯子要客製，客人一定會拿照片檔給你們，店裡都會留下電話住址，用來提醒客人取貨，所以我在想，電腦一定有資料留下來。這樣就可以找到失主啦。」希洋說。

「好吧，不過我上班很忙，不然我帶妳去，妳自己找喔。」

「沒問題，我自己來！謝謝哥！」希洋趕快也戴起安全帽，跨上機車後座，跟著希海去打工。

5 侑銘

希洋比對著圖檔，終於找到了！客人的名字是施侑銘，他只留下手機號碼，沒有住址。她打了電話，沒人接，不過這很平常，現在詐騙電話很多，很多人不接不認識的電話。她想了想，拍了杯子的照片傳過去。果然，不久手機就響了。

「喂？」希洋趕快接起電話。

「我的杯子為什麼在妳手上？」一個男生的聲音，語氣非常不友善。

那是什麼態度啊？幫你找到杯子，居然沒先謝謝，還講得好像我綁架他的杯子那樣，希洋覺得莫名其妙。

「我潛水時，在海裡的垃圾堆找到的，想說，遺失的人一定很難過，所以如果是你的，我想還給你。」希洋盡量保持禮貌。

「怎麼可能在垃圾堆裡？」男生的聲音帶著憤怒，還有受傷。

「我不知道……不過你想拿回去的話……」

希洋話還沒講完，男生就大喊：「不用了！」然後掛了電話。

希洋呆住了，沒想到對方的反應是這樣，她再打過去都沒人接，傳簡訊也只顯示已讀，卻不回應。

幾天過去了，還是一樣，對方都不理不睬。想不到找到杯子，而且找到杯子的主人，線索還是又斷了。

「怎麼辦？只剩下兩天了！」羍說。

「對啊，他都不回，我也沒辦法啊！」希洋很無奈。

「妳有跟他說，我在找羒，急著帶〈雙羊尊〉裡的魂魄去見天神呀？」

「沒有，你忘了你上次現身被人當妖魔鬼怪？這男的脾氣古怪，誰知道講出來後會怎樣？」

「可是，如果沒有及時找到羒，那就不妙啦！」羍著急的說。

「如果四隻羊的魂魄先出來，你們還沒相遇，那會怎樣？不能晚點再帶牠們去見天神嗎？」

宰想了想，「牠們心有怨念，第一件事就是先毀了〈雙羊尊〉，畢竟這兩件東西囚錮牠們這麼久，一定得先毀掉。」

希洋打個冷顫，這兩件可是世上的唯二〈雙羊尊〉，兩大博物館的珍貴館藏，如果毀了……希洋不敢想下去，決定再傳一封簡訊。

「我其實想問你一件事，你是不是有塊玉羊？」希洋按下送出，然後耐心的等候。

幾分鐘後，那個男生果然打電話來。「妳是誰？怎麼知道玉羊的事？」

「我叫王希洋，你是施侑銘嗎？」對方沒說話，表示默認了。「我們可以找個地方見面嗎？」

她很怕對方講沒兩句話又不高興掛電話，想趕快敲下見面的約定，時間不多了，明天就是展覽的開幕儀式。

施侑銘考慮了好久才答應，兩人約好等下在公園見面。

希洋依照約定拿杯子出現在公園，她找個沒有人的長椅坐下，沒等多久，一個跟她年紀差不多的男生走過來。

他有深棕色的皮膚，眼睛大大的，應該算是長得好看，卻是一臉陰鬱，朝著她走來。

他不看她，眼睛只盯著杯子。

「對不起，之前我態度不太好。」他低著頭，語氣放緩，聲音還滿好聽的，跟電話上那種很衝的口氣差很多。

「沒關係。」希洋不是愛計較的人，馬上就不在意了。「這杯子是你的，對嗎？」

「是的，」他低聲說：「那是要給我媽媽的禮物。」

他提到媽媽的語氣有點哀傷，希洋一愣，對媽媽的思念悄悄升起。她搖搖頭，把自己的情緒壓下去，繼續專注在施侑銘身上，或許，他媽媽把杯子當垃圾丟掉了，所以他才這麼氣憤、難過。

「可能是你媽媽不小心掉的，」她試著安慰他，「應該不是故意的，你快告訴她有人撿到了，要還給她。」

希洋將杯子遞給他，他拿在手裡，轉到照片那面，眼睛盯著上面的女子好一陣子。「我沒見過她，這是我唯一一張媽媽的照片。」

希洋很驚訝，同時胸口一陣酸楚，她深呼吸。「可是你剛剛說，這是要給她的？」

「我很小的時候，媽媽就去遠方工作了，」他持續盯著照片，幽幽的說：「外公、外婆養大我，每年生日，她會寄一個紅包跟一封信，信上說，她忙著工作，居無定所，如果我想她，可以寫信交給外公，她會去找外公拿。小時候，我會寫好多信，可是她從來不回，外公安慰我，說她太忙了。我猜，她在別的地方有家庭了，不會再回來了，所以後來我也很少寫信了。

「半年前，我生日又收到一封信跟禮物。沒多久，外婆生病過世了，但媽媽還是沒回來，所以我用了手上唯一的照片，做了這個杯子，請外公交給她。外公答應了，他說媽媽在我上學的某天曾經回來看外婆，他將杯子交給媽媽，她又匆匆離開了。」

「所以，唯一跟你媽媽有聯繫的人……是你外公，她都不跟你見面？」希洋的口氣充滿疑問。

「我說了，她應該是在外面有了家庭，所以不敢面對我……才丟掉杯子。」他轉過頭，看著希洋，這是他的目光第一次跟她交會，他的口氣堅定，可是希洋從他眼中看到複雜的情緒，有悲傷、有掙扎、有失望。

希洋想說什麼，又不知道怎麼開口，覺得有什麼東西哽住了胸口。兩人沉默了好一段時間，侑銘陷入沉思。

「妳怎麼知道我有一塊玉羊？」他忽然語氣一轉，低沉的聲音轉為冷靜，希洋一時沒回應過來。

「有扮的玉羊！」羍的聲音在腦海響起，提醒她。

「噢，嗯，啊……」希洋不知道怎麼回答，「我可以看看玉羊嗎？」

「我沒帶在身上，嗯，不過我手機有照片。」施侑銘打開手機找了一下，遞給希洋看。

「對，就是這塊！」羍的聲音很興奮，希洋也很振奮。

「你怎麼會有這塊玉？」希洋好奇的問。

「外公說，他的曾曾祖父在海邊撿到，聽說是隻靈羊，會保佑家人平安，被當成傳家寶，外公傳給媽媽，這就是今年她寄給我的生日禮物，要我好好保存。妳還沒說，怎麼知道我有這塊玉？」

「我……我可以親眼看看這塊玉嗎？」她小聲的問。

「可以，但妳要告訴我怎麼知道的，這是我們的傳家寶，我也是到今年生日才聽說的。」施侑銘堅持不讓她矇混過去。

希洋先在心裡跟牵溝通，得到牵的同意。「我有一模一樣的玉羊。」她拿出玉羊，在施侑銘驚訝的眼光下，講出找到牵的經過，還有〈雙羊尊〉的故事。

「妳會潛水啊？」侑銘看她的眼神不太相信的樣子。

「是啊！」很多人看希洋一個瘦瘦的小女生，聽到她會潛水都有那種不可置信的樣子，她已經無奈的習慣了。

「好厲害啊！」侑銘喃喃的說。

「你想學潛水嗎？」希洋期待的問。她一直希望可以找到同好。

「我才沒興趣咧。」侑銘又武裝起來，很不屑的語氣。

「好吧！」希洋聳聳肩。

「我只是覺得很神奇，你居然潛水的時候找到跟媽媽給我一樣的玉羊。」施侑銘看著手機上的照片，「外公說過，玉羊曾經顯靈，原來是真的。」

「牠在你面前出現過嗎？」希洋問。

「沒有，」他搖搖頭，「牠可以隨時出現嗎？」

「可以，不過這邊是公園，太多人了。」希洋微微皺眉。

「那來我家好了，我拿玉羊給妳看，讓牠們倆見面。」

「太好了！」希洋好興奮，任務快要完成了。

6 雙羊會合

施侑銘帶著希洋來到一間小雜貨店。「這是外公，這是我朋友希洋。」侑銘介紹。「妳陪外公聊天一下，我去樓上找。」

她以前經過這間雜貨店幾次，這是第一次進來。她好奇的東張西望，然後發現外公也好奇的看著她。

「外公好。」希洋有禮貌的打招呼。

「妳是小侑的學校同學嗎？」外公盯著她。

「不是，我們剛認識。」

「是嗎？小侑從來不帶朋友來家裡的，他一定覺得妳很特別。」外公眼神溫柔的看著她。

不知道為什麼，希洋臉紅起來，趕快轉移話題。「他為什麼不喜歡帶朋友回家？」

「唉，他什麼也沒說，不過我想，可能覺得跟我老人家住，很丟臉吧？」

老人家的感嘆讓希洋覺得心裡酸酸的，但是她雞婆的那一面也忍不住跑出來，剛才在公園沒說出口的疑問，她想弄清楚。

「他才不會這樣想。我剛剛聽小侑說，媽媽工作很忙，都是您在照顧他。」希洋小心的開個頭，「他沒見過他的媽媽。」

「他的媽媽……唉，是啊，工作忙啊，沒辦法常回家……」外公頭低下去，口氣帶著感傷。

「外公，我認識小侑，是因為撿到……」希洋的話還沒說完，侑銘從樓上快步下來，打斷她的話。

「找到了！」他拉拉她的手臂，「到我房間，拿給妳看！」

希洋跟著他上樓，來到他的房間，房間比她的還要整齊，至少床上沒有一堆沒摺的衣服。

侑銘盯著她,「妳這個人很聰明,可是太雞婆了。」

「……」希洋臉紅起來,大家都說她很雞婆沒錯,可是第一次有人稱讚她聰明。

兩個人坐在椅子上,沉默了半晌。

「妳也不相信我外公的話,對不對?」侑銘聲音很低。

「我只是覺得奇怪,你媽媽既然會跟外公聯絡,為什麼不直接跟你聯絡?連見一次面都沒有?如果真的那麼無情,又怎麼會每年都記得你的生日,又寄卡片又寄禮物,還給你傳家寶?」希洋忍不住提出所有疑問。

「媽媽已經死了。」侑銘聲音更低了。

「什麼?」希洋曾經這麼猜想,但是侑銘直接說出來,她還是很吃驚。

「我偷聽到外公、外婆的對話,他們沒說她怎麼死的,只說那些禮物和卡片都是媽媽死前準備好請他們寄的,媽媽的意思是要等到我十八歲才告訴我真相。外婆將我寄給媽媽的東西都藏起來,打算以後再還我……其實我很小的時候就猜到了,可是我不想承認,寧可騙自己她另外有家庭,所以才不來看我。這樣就可以怪罪她，把責任推給她，如果接受她死了的事實，那我就真的失去她了。」侑銘看著地上。「所以我也配合他們的安排來演出，寫信給媽媽，做杯子給媽媽，說服自己，她會看到的。只是沒想到杯子被當成垃圾丟掉了。妳拿著杯子來見我時，我自己編給自己的謊言，外公、外婆和媽媽幫我設想的世界，統統被戳破了，事實就是，媽媽已經死了，她從來沒有看過這個杯子。但是，這也讓我醒悟了，我必須要接受事實，不能再騙自己了。」

希洋心裡緊守的那點堅強瓦解了，她讓自己的情緒跟著侑銘的話一起宣洩。是的，她也不能再騙自己了，她很想念媽媽。

希洋抹抹眼淚，吸一口氣。「你會告訴外公，你已經知道了嗎？」

侑銘想了想，「不會。既然是我媽媽的意思，是外公、外婆努力幫我架構的世界，我怎麼忍心讓他們失望？」

「也對，你從來沒見過媽媽，從小跟外公、外婆相依為命，他們真實的在你生命裡，你應該多想想他們的心情。」希洋看著他。

侑銘若有所思的點點頭。

「對不起，我剛剛太雞婆了，差點跟你外公說找到杯子的事。」希洋覺得很不好意思。

「我想，外公也不是故意丟掉杯子的，一定是整理外婆的遺物時，不小心丟掉的，可能他自己都不知道。如果他知道了，一定更難過。」侑銘說：「對了，妳幫我把杯子帶回去，收好，好不好？」

希洋想了想，點點頭。「這樣你外公就不會發現了。」

侑銘笑笑，希洋發現他臉上表情柔和的時候有一種稚氣的帥。

「那你的爸爸呢？」希洋忍不住又問。

「我外公說，他當年遺棄我媽媽，到國外去了。我還在媽媽肚子裡的時候他就不負責任跑走了，所以媽媽才要這麼辛苦的工作，不能常回家。」侑銘平淡的說。

他轉頭看希洋的表情，希洋也睜大眼睛回望。「妳也不相信對不對？本來我深信不疑，可是發現媽媽死了的祕密後，我開始覺得，關於我爸爸遺棄我們的說法也可能是假的。」

「要我是你，我也會懷疑。」希洋真的很同情侑銘，居然有人不知道自己父母的下落。「你有再去問，或是找到什麼線索嗎？他會不會也……」

「我覺得我爸爸沒有死，我很難解釋，就是一種感覺。如果我問外公關於我爸爸的事，他都會很生氣，不像講到媽媽時那種帶著悲傷的神情。」侑銘說。

希洋不知道如何幫他，她發現，個性再雞婆，也不是什麼事都可以幫忙的。

兩人陷入一種安靜的氛圍，靜靜的，各有心事。

「對了，妳不是要看玉羊嗎？」侑銘打破寧靜。

希洋猛點頭，「是啊！」

侑銘從桌子抽屜拿出一個木盒子，看起來很舊，可是質感很好。他打開盒子，裡面果然是一隻玉羊。

希洋也從口袋裡拿出玉羊，兩隻羊長得一模一樣，只是一個臉朝左，一個臉朝右，兩隻羊的右後腿處有損壞的痕跡，就是被折斷分開的地方。

侑銘把玉羊拿出來給希洋，希洋將它們拿在手上，小心的將兩塊玉放在一起，像拼圖那樣，完美的結合，變成一塊雙羊玉。

希洋非常開心，她輕輕的呼喚：「䍧，你跟羒在一起了。」

雙羊玉一時沒有動靜，過了好一會兒，玉石四周出現珍珠般的白色光芒，朦朧一圈，像是霧氣。光圈輕微震動，慢慢脫離石頭，向上浮起，在空中變成兩隻白羊，這兩隻羊同樣散發珍珠般的光澤。

侑銘看得目瞪口呆，希洋說的都是真的！

「謝謝你們，我們重逢了。」䍧的聲音傳來。

「羒，你一直都在我身邊，為什麼不讓我知道？」侑銘問。

「我們兄弟倆第一次現身時，因為被人類厭惡而分開，後來你的先人找到我時，我再現身一次，乞求他幫忙，可是他也無法完成。我想，這就是我的命運吧，所以已經放棄尋找了。」

希洋覺得，這兩隻羊長相一樣，個性卻差很多，䍧的態度積極，一直要她行動，羒的個性就比較隨緣，也比較容易放棄。

「明天就是展覽日，兩座〈雙羊尊〉就要相會，你們就可以領著其他四位兄弟的魂魄，去找天神了。」希洋微笑著，心裡也有淡淡的傷感，跟䍧相處的時間不多了。

「你們倆的魂魄要等到兩塊玉羊在一起才能相會，可是那兩尊青銅器在日本，這塊玉在台灣，我們不需要帶你們去日本嗎？」侑銘問。

「巫比的巫術可以超越距離。當初他對我們倆施法在一塊玉石，所以這塊玉必須結合，巫法才能完整。當時，另外四個兄弟魂魄已經被鎮鎖在分開的兩件酒尊裡，巫比的法力不夠大，無法召集六個魂魄，但只要牠們四個一相會，我們兩個合體的法力就可以引領他們。」夆說。

「那就好，不然我還不知道要怎麼送你們到日本呢！」侑銘鬆一口氣。

「明天中午，我們也可以看到另外四隻羊嗎？」希洋問。

「我也不知道，畢竟也是我們的第一次啊。」扮說，看得出牠的臉上也充滿期待的光彩。

「那我明天再過來！可以嗎？」希洋轉頭問侑銘。

「當然沒問題。這塊玉怎麼辦？」

「先放你這裡。」希洋大方的說。

7 六羊相遇

第二天一早，希洋迫不及待的出現在雜貨店。

「外公早。」

「早，」外公笑咪咪，對著樓上喊道：「小侑，你朋友來囉！」

侑銘看到她很開心，「快上來。」

他們走進房間，雙羊玉在桌上。彷彿知道希洋的來到，兩隻羊從玉石升起，出現在他們的面前。

「揭幕儀式就要開始了，你們感應到什麼了嗎？」希洋問。

「就跟之前一樣，我感覺到兩件酒尊要相會了，」羍說：「但是事情要怎麼發生，要等到它們面對面，巫比的巫法才能生效。」

「昨晚跟侑銘聊天，才知道現在的時代是商朝的三千年之後，大巫奎的巫法經過這麼久，會有怎樣的情況，恐怕大巫奎當時也未能預知啊！」扮嘆了一口氣。

「不知道開幕有沒有實況轉播？」希洋一臉嚮往的神情。

「我查過了，沒有，」侑銘認真的說：「奧運、世足這種熱門賽事才有實況轉播啦。」

一男一女兩隻羊隨意的聊天，愈來愈接近中午，大家開始安靜下來。羍跟扮緊緊相依偎，希洋跟侑銘則是雙眼不離的緊盯著牠們。

「請盡你們所能，讓我們知道發生什麼事！」希洋說。

「一定！」扮點點頭。這時，兩隻羊神色肅穆，望向遠方。希洋低頭看錶，十二點整。

兩隻羊的珍珠光芒在眼前慢慢黯淡，快要消失。

「你們找到了兄弟，要去見天神了嗎？」希洋忍不住喊著。

就在這時候，影像在希洋跟侑銘的腦海出現，他們看到一個微暗的室內空間，周圍很多人，中間有兩束LED光，照射在兩座青銅器上。

就是他們在網路上看過的兩座〈雙羊尊〉。現在各自陳列在玻璃展示櫃中，沒有任何布幕覆蓋，揭幕儀式應該剛完成。

兩件酒尊上空，各出現兩隻跟牽、羒長得一樣的羊，也同樣閃著珍珠般的光芒。四隻羊左右看著四周，似乎有點茫然，不過牠們互相找到了對方，四隻羊終於相會。

展場的人們互相微笑握手照相，忙碌交談，沒有人看得到羊。

四隻羊頭碰著頭，互相依偎，牠們的光芒忽然從珍珠白轉變成暗紅色光暈，彷彿要滴出血一般。希洋跟侑銘心頭一震，怨念夾著恐懼，在空中正要瀰漫開來。

這時，牽跟羒出現了，牠們繞著四隻羊行走一圈。

「記得我們嗎?」牽熱切的說。希洋知道，牠們不是用人類的語言在溝通，不過牽用心念，讓他們也懂。

四隻羊看了牠們一會兒，點點頭，其中一隻口氣帶著哀傷。「是的，我們的兄弟，你們被彙兒帶走後，我們就被抓去當牲口祭祀了。」

「我們不想走，那些人就鞭打我們。」

「彙兒的爹娘想要來救我們，那些人不讓他們出來，我只聽到他們痛苦的喊聲。」

「大商王派人來殺我們。」

「好痛啊！流好多血。」

「真的好痛苦，沒有人幫我們。」

四隻靈羊終於被放出來，牠們忍不住開始描述當時慘狀，幾千年來的恨意，在大巫奎的巫術驅動下，一一被釋放出來。

希洋跟侑銘專注的看著牠們，一邊同情牠們的遭遇，一邊擔心大巫奎的力量四散，引發災難。

「是的，後來你們的魂魄禁錮在兩件酒尊裡。」傘說。

四隻羊同時看著牠們身下的兩件吉金酒尊，眼睛流露悲傷、憤怒的表情。

「是的，我們想要去天神那裡，可是有一股力量拉著我們進去。」

「我們怎麼也逃不開。」

「死了也逃不開那些人。」

「就這樣被關到酒尊裡了。」

「死前是痛苦的，魂魄也是痛苦的。」

四隻靈羊快速交談，紅色的光暈越來越濃密。

「不過你們不要擔心，你們已經被釋放出來了。」羍對牠們喊道。

牠們抬起頭，疑惑的看著羍。

「我跟羍也被用巫術鎮在一塊玉中，為了就是等待這一刻，我們可以一起回到天神的身邊。」羒熱切的說。

羍跟羒分開，各從一頭開始環繞著四隻羊，牠們身上的珍珠白光衝進暗紅光裡，像是明亮熱力的陽光穿過濃霧一般，有些暗紅光暈開始消散。

「羍、羒，你們加油！」希洋一邊看，一邊忍不住出聲幫牠們打氣。

「牠們聽不到妳啦！」侑銘很務實的說。

不過希洋還是忍不住，一直喊加油。

好像牠們也可以聽到希洋的加油聲一般，珍珠白的光芒慢慢消融暗紅色的光暈，終於，暗紅色消失了，只剩下一團柔和的珠貝色光芒圍繞著六隻白羊，牠們互相傾訴感情，互相交換彼此的經驗。

慢慢的，連白色光芒也開始消散，六隻羊的身影越來越弱，希洋跟侑銘腦海中的影像也跟著消失。

「我們來到天神身邊了，跟我們的媽媽在一起了。」羍的聲音傳來。

「我們也遇到彙兒。」羒的聲音非常快樂。

「也遇到了我們的媽媽嗎？」希洋忍不住在心裡問，可是已經沒有回應了。

「牠們離開了。」侑銘輕聲的說。

「牠們聽起來很快樂。」希洋說，她嘴角掛著微笑，可是眼睛噙著淚水。

兩個人坐在書桌前，安靜了好一會兒，要不是海裡撿到的馬克杯在眼前，要不是兩塊玉石現在變成一塊雙羊玉，他們真要懷疑羍跟羒是不是真正存在過。

「現在這塊玉怎麼辦？」侑銘輕輕撫摸著玉石。

「你留著吧，這是你們的傳家寶。」

「可是，妳在海裡找到其中一半啊！」

希洋想了想，「這樣好了，我們輪流，一個星期放你家，一個星期放我家？」

侑銘好看的大眼睛對她眨了眨。「嗯，我覺得妳好像故意找機會接近我耶？」

希洋翻翻白眼，一把搶過雙羊玉石。「那就放我家啊，你到時候不要找機會接近我喔！」

「開玩笑，我當然要找機會接近妳啊，你幫我找到杯子，還把我的傳家骨董變成兩倍大，肯定值錢十倍！」

「喂！不要忘了，你變賣的話，我可以拿一半喔！」希洋表情認真，一說完，兩人都相視大笑。

8 在小吃店

這天希洋跟侑銘在小吃店，一邊吃著滷肉飯、牛肉麵，一邊看著牆上的電視新聞。希洋瞪大眼睛，滿臉驚恐。

「昨天凌晨三點，日本東京市郊發生六級地震，許多民房倒塌，目前已傳出八人死亡，二十多人輕重傷，死傷人數可能陸續增加中。專家預估，未來數週甚至數月仍會有餘震，呼籲民眾隨時做好防震防災準備。目前我們看到影片中，房屋坍塌的景象……」

「這個一定是大巫奎搞的鬼！」希洋壓低聲音，語氣恐懼的說。

「哎呦，妳又來了，每次一點風吹草動，就說是大巫奎的力量復甦，要來報復。上次英國熱浪死了十幾個人你也是這樣說。」侑銘個性比較沉穩內斂，實際冷靜，事事講道理、合邏輯，不像希洋那樣好奇熱情，帶著一種一廂情願的固執。

「你也不能證明不是啊！你看看，」她指著電視上一片斷垣殘瓦、居民無助的樣子，「好慘啊！」

「我也覺得這次地震好嚴重，」侑銘皺著眉頭，不過還是語氣不變的開導希洋，「但是也不代表這就是大巫奎的傑作，妳不要每次都操煩這麼多。而且大巫奎的力量這麼大的話，也不見得發作的地方就是在日本、英國。巫比不是說，巫法的力量可以超越空間，奎跟扮在台灣可以去日本救兄弟，所以大巫奎真要破壞什麼，也不會就局限在那兩座城市。」

「喂！你這算哪門子安慰啊，越講越恐怖！」希洋瞪他一眼，「我真的很擔心耶，不知道大巫奎的巫術什麼時候會出現，危害人間。」

「奎跟扮順利的把他們的四個兄弟引領到天神那，大巫奎的力量應該就沒戲唱啦！」侑銘說，低頭又扒了兩大口滷肉飯。

「可是兩件酒尊相遇時，四隻羊剛出現，牠們當時真的好多怨念啊，整個氣都是暗紅色的，看起來好嚇人。」

「那時候我也有點擔心。」侑銘承認，「不過牟跟扮帶著巫比的力量去化解了，大家的魂魄都去天神那裡，我覺得沒事了，安啦！我知道妳很雞婆，可是這種事雞婆沒有用啦。」

希洋翻白眼，但也不得不承認他講得有理。事實是，她也不知道怎麼預防或解套。

「妳的牛肉麵都涼了，快吃啦，妳等下不是要潛水嗎？」侑銘催促一下。

「我吃不下了。」希洋嘟著嘴。

「哎呦，不要浪費，我幫妳。」侑銘自在的把她的麵端過來，大口吃了起來。

希洋微笑的看著他，「喂，你也來學潛水啦！這樣我們除了吃飯吃冰外，還可以一起去海裡探險。」

剛開始認識侑銘，她曾經對他提議過，當時他的態度很不屑的樣子，可是希洋的個性就是這樣，沒有放棄，還是再提議一次。

侑銘停止吃麵，抬頭看了她一眼，然後又低下頭去。

「怎麼了？不喜歡沒關係啦，我不會逼你……」

「不是……我……不會游泳。」侑銘小聲說。

「你不會游泳？那我教你啊！」希洋輕鬆的說。

侑銘看著她，表情古怪。「妳是第一個知道我不會游泳沒有大驚小怪、沒有嘲笑我的人。」

「我承認我有點驚訝，你長手長腳的，很適合游泳，不過為什麼要笑你？很多你會的，像是打籃球、跑步，我都很不行啊。」希洋真誠的說。同時又覺得心疼，原來侑銘之前拒絕是因為自尊心，他對自己不會游泳這件事很在意。

「謝謝。」侑銘小聲的說。

「這樣好了，明天你來找我，我教你游泳，而且說實話，潛水不是著重在游泳技巧，你會基本的划水就可以啦。」

「真的？好啊！」侑銘眼睛亮了起來。他一直很羨慕別人可以自在游泳，可是從小父母不在身邊，年邁的外公、外婆提供吃住，讓他上學就已經很吃力，其他的課外活動他們很難兼顧。

「等你會游泳了，就可以學潛水了！」希洋也萬分的期待。

「學潛水……很貴吧？」侑銘的自卑心又跑出來了。

「我叫我爸爸教你，不要擔心啦！」希洋乾脆的說。

侑銘見過她的家人很多次，哥哥有些愛理不理人，可是她的爸爸很豪爽好客，對他也很照顧，讓他很輕鬆自在，也讓他在心裡非常羨慕希洋有爸爸在身邊呵護。他常常不只一次幻想爸爸回來找他，兩個人一起聊天、聊媽媽，像別人一樣跟爸爸一起打球。他最近也鼓起勇氣再去問外公關於爸爸的事，外公只是表情堅硬憤怒，還是一樣的說詞：爸爸是負心漢，拋棄了媽媽，這種人不值得找他。

「好啦，就這樣說定。」希洋打斷他的沉思，「我去準備潛水囉，你慢慢吃。」

希洋對他揮揮手，離開小吃店。

第二部

智梟與夔龍

9 貓頭鷹

希洋走在森林裡，天色已暗，她趕著路，四周傳來各種不同的、不明的聲音，像是蟲叫，又像是野獸低吼。

嘶嘶……奧嗚嗚……喳唧唧……喳喳……唧唧唧……嗚嗚……奧奧……

希洋覺得好害怕，加快腳步，想走出這片森林，忽然「啪」的一聲，一樣事物落在她的眼前，她嚇得停下腳步。透過樹枝間撒下的朦朧月光，映照出這事物的身影。

是一隻貓頭鷹。

這隻貓頭鷹好大，站起來超過她膝蓋的高度呢！牠看著希洋，晶亮銳利的黃眼睛像是可以看透她的心思，金黃的光芒穿透空氣，從牠的雙眸射進希洋的雙眸，然後希洋聽到貓頭鷹對她講話。

「帶著妳的雙羊玉，到故宮來找我。呼——呼——」貓頭鷹說，牠的聲音帶著氣音。

「故宮？你住在故宮？」希洋疑惑的問。

「是的，妳一定要來找我，不然就來不及了。」牠說完，整個身體變暗，越來越暗，希洋以為牠飛走了，沒想到在牠快消失時又再度發光，一大圈金黃光芒在眼前晃動，然後光芒慢慢縮減，落在地上。希洋走上前看，那隻貓頭鷹居然變成一塊玉。

希洋驚訝的看著眼前的玉，「你是誰？我為什麼要去找你？」

「我叫智梟，我需要妳的幫忙。」說完，那塊玉在希洋面前轉動起來，越轉越快，然後一陣閃光，希洋眼睛一閉，再度睜開眼睛時，她發現置身在自己的房間裡，原來是做夢。

10〈龍冠鳳紋玉飾〉

「滯銷？東西賣不出去那個滯銷？」侑銘皺著眉頭問。這天放學後，他們兩個約在第一次見面的公園，希洋告訴侑銘她這幾天一直重複做的一個夢。

「不是啦，是聰明的貓頭鷹那個智梟。」希洋瞪他一眼，「還有，這不是重點好不好？你不覺得，我一連三天做同樣的夢，這很不尋常嗎？這隻梟可能真的存在，牠還知道我有雙羊玉耶！」

「我覺得不是那隻貓頭鷹知道妳有雙羊玉，而是妳心裡還惦記著牵，還想著那些靈羊，整天擔心大巫奎的力量重出江湖，所以這個詞才在夢裡出現啊！日有所思，夜有所夢。」侑銘理性的幫希洋解夢。

「我覺得不是那麼簡單，」希洋堅持的說，她撥了撥額前的短髮，「我覺得我們應該去故宮一趟。」

「去故宮找貓頭鷹？妳不要傻了！」侑銘翻白眼，相映著他棕色的皮膚，顯得特別誇張。

「故宮裡面沒有貓頭鷹，不過夢裡的貓頭鷹變身成玉，」希洋想了想，眼睛一亮，「沒錯！我們應該要去找那塊玉。」

「妳記得那塊玉長什麼樣子嗎？」侑銘懷疑的問。

「當然記得，我這幾天都夢到，印象深刻。上網找找看。」希洋拿出手機，輸入：故宮，玉，貓頭鷹。

「怎樣？」侑銘湊上去看。

「一堆貓頭鷹的照片。」希洋無奈的說。她重新輸入：故宮、玉、梟，也沒有看到她夢中出現的玉。

看來真的只是夢，故宮沒有這樣的玉。希洋覺得很洩氣。

「妳要不要直接上故宮的網站找看看？」侑銘說。他本來想笑她太把夢當成真了，不過看她真的很沮喪，還是心軟，給她不同方向的意見。

「好，我試試看。」希洋再次搜尋，找到故宮的官網，點入玉器收藏，仔細的一張一張比對圖片。

「就是這個！」希洋瞪大眼睛，沒想到真的給她找到了！「跟夢裡的一模一樣！」

希洋感激的看著侑銘，她就知道，她的瘋狂想法都會得到侑銘的支持。

侑銘看著手機上的照片。「〈龍冠鳳紋玉飾〉，難怪找不到，原來被標示為鳳。」

「明明就是梟鳥嘛！」希洋皺著眉頭，不過馬上又興奮得兩眼發光，「我沒去過故宮，沒見過這塊玉，可是這塊玉在夢中出現，還連續三天！所以絕對不是日有所思，夜有所夢，這隻鳥一定打算跟我說什麼，我們一定要去故宮一趟！」

希洋一向熱心助人，態度積極，「一定」就講了兩次。相對之下，侑銘比較理智冷靜些，他還是覺得，因為一個夢境就認定真的有隻玉石的貓頭鷹需要幫助，有點牽強，不過他倒不介意可以跟希洋一起去故宮走走。

侑銘聳聳肩，「好啊，我們去看看。」

「明天好不好？明天星期六。」希洋問。

兩人決定好，第二天一起去故宮。

11 智梟

這天天氣晴朗，侑銘來到希洋家接她時，兩人對望一眼，同時說：「喂！你學我！」然後兩人忍不住大笑，他們沒有事先約好，卻同時穿著淺藍上衣跟黑色長褲。

他們倆個性不同，但是常常很有默契。

「妳有帶雙羊玉嗎？」侑銘提醒她。

「有！」希洋拍拍口袋，她當然不會忘記。

「走吧！」兩人轉了幾趟車，終於來到故宮。

這是他們倆第一次來，雄偉的建築，讓他們都忍不住拿出手機猛拍照。學生出示學生證就可以免費參觀，兩人拿了地圖，走進展示廳。

建築之內也是宏偉莊嚴，為了保存古物，燈光亮度都調得很低，昏昏暗暗的，特別有神祕感。

希洋迫不及待的拿手機照片詢問工作人員，工作人員熱心的指點他們〈龍冠鳳紋玉飾〉的展示櫃。

兩人來到這塊玉的前面，心裡有點激動，想不到，真的看到實品了。

「沒錯，夢裡的貓頭鷹就是變身成這塊玉。」希洋低聲的說。這塊玉實品不大，呈扁平狀，上面是浮雕，刻出一隻側面站立的梟，彎曲的鳥喙、粗壯的爪子、炯炯有神的大眼，牠的頭頂停著一隻夔龍。希洋搜尋過，古玉上常有夔龍的紋飾，夔龍只有一隻腳，張嘴、卷尾，跟一般的龍是不同的。

侑銘看看四周，聲音放小，「等下這兩人過去，妳再把雙羊玉拿出來看看會怎樣。」

這裡不是翠玉白菜或是肉形石區，人沒有那麼多，那對情侶一離開，馬上只剩他們兩個人。希洋再確定短時間內不會有人接近，她拿出口袋裡的雙羊玉。

她手捧著雙羊玉，小心的靠近〈龍冠鳳紋玉飾〉，就在雙羊玉快要碰上玻璃時，她感受到手心一陣溫暖，就像之前夆要出現那樣，然後一圈朦朧的光圈出現在羊跟梟之間，像是一座光橋，連接雙羊玉跟〈龍冠鳳紋玉飾〉。光橋的顏色從白色漸漸轉成乳白色，然後淺黃色、深黃色、淺棕色、棕色，最後變成金黃色。

金黃色的光在空中像是被人捏塑一般，慢慢成形，最後出現一隻貓頭鷹。

希洋看得目瞪口呆，要不是之前看過夆也用類似的方式現形，她可能會在故宮大聲驚叫出來。

「真的是一隻貓頭鷹！」侑銘低聲驚呼，看來他也可以看得到。

「我就是智梟。呼——」貓頭鷹看著他們兩個說，銳利的黃色光芒從牠的眼眸射出，柔和的照在兩個人的身上。「妳叫希洋，你是侑銘。」

希洋跟侑銘知道，牠正用通心術跟他們溝通。那是商朝巫師的一種法力，用的是心意的溝通，不是語言。之前夆跟玢都用過這個方式。

「你知道你在現代的博物館裡面嗎？你這樣現身會造成恐慌混亂的！」侑銘比較冷靜理智，馬上提到現實重點。

「呼，我知道我在哪，不用擔心，我有足夠的巫術，讓我決定要現身在誰的面前。現在，除了你們倆，沒有別人看得到我。」貓頭鷹說。牠說話的聲音帶著呼呼的氣音，但是口氣威嚴莊重。

「你為什麼出現在我的夢裡？你說你需要幫忙，這是怎麼回事？」希洋直直的盯著智梟。

「在很久以前的商朝，我住在森林裡，當時，我是一隻孵化不久的幼鳥。有一天晚上，我的雙親外出獵食，一隻黑蛇摸上樹，準備要吃我，正好巫比經過，把我救下來。他看我解人意，有靈性，就用巫術訓練我，讓我跟著他祭祀，跟萬物祖先通聲息，把我訓練成巫用靈獸，給我取名叫智梟。

「沒想到，那隻黑蛇原來是大巫奎的巫用靈獸，大黑蛇因故身受重傷，急需要食物，巫比救了我之後，大黑蛇來不及找其他食物就死了。這讓大巫奎的法力也受損許多，兩人因此結了怨。

「當時，巫比跟大巫奎同時在王宮替商王工作，兩人各有不同的巫師擁護，大巫奎對巫比一直心懷恨意，視他為眼中釘。有一天，找了機會，設計讓巫比觸怒小王，小王盛怒下命大巫奎對他施巫法，讓他幾乎失去巫術跟性命，後來在巫比的幾個忠心小巫的求情下，沒有將他處死，把他流放異鄉，不准他回到王宮。

「我跟著他一起出宮。我知道，巫比一向對王效忠，對人民盡心，想為商朝做事，這對他打擊很大。不過他出宮後，慢慢振奮起來，也開始重練巫法，找到新的巫術，繼續在民間替許多人做事。」

智梟看了兩人一眼，往下說：「像是他曾經施法，用小刀刻了妳手上的雙羊玉，讓兩隻靈羊的魂魄可以寄附在玉上，之後幫助牠們的四個兄弟相遇，一起去天神那裡。」

「我在夆給我看的影像中看過你，原來你就是巫比肩頭上的那隻貓頭鷹。」希洋想起當時的樣子。

「是的，在那件事之後沒多久，我的軀體死了，巫比用小刀刻了這塊玉，把我的魂魄留在上面，讓我一直跟在他身邊。呼呼。」貓頭鷹說。

「那你在我夢裡說什麼來不及，要我幫你，是什麼意思？」希洋問。

「是的，我需要你們。你們的善良幫助了六隻靈羊，但是也破壞了大巫奎的計畫。」

「什麼意思？大巫奎的計畫是什麼？」侑銘問，心裡覺得很不妙。

「萬物有生有死，就算是有強大巫術的大巫奎也是一樣，但是他有野心，不甘願身軀衰老而死去，他知道，只有黑暗巫法才能衝破自然生死界限。所以當他把四隻靈羊的魂魄分別鎖在兩件酒尊時，他同時也運用黑暗巫術，讓牠們在酒尊裡蓄養怨氣，刻意讓牠們在幾千年之後，兩尊才相遇。這時，有了數千年怨念的靈羊會帶來極大的黑暗力量，這力量就會召喚他的魂魄醒來，讓他重返人間。」智梟用呼呼的聲音說。

「可是，夆跟羒不是順利的化解了牠們的怨氣，帶牠們去見天神了嗎？」希洋問。

「是的，但是四隻靈羊相遇的剎那，怨氣還是被釋放了。那力量不夠讓大巫奎恢復他完整的能力，但也足夠讓他甦醒了。」智梟解釋。

希洋跟侑銘點點頭，他們記得靈羊們在日本根津美術館相遇時，那懸浮在空中暗紅的光芒，雖然只有幾分鐘，但是的確充滿著巨大的怨念。想不到，她的擔心成真了。

「那現在怎麼辦？」希洋著急的問。

「你的出現就是要制伏大巫奎的力量嗎？大巫奎現在在哪？」侑銘也問。

「我的出現，其實是要請求你們的幫忙。」智梟呼呼的說：「巫比死前，把他另外一部分的力量存放在一把吉金小刀上，我需要你們幫忙，找出這把刀。」

「你是說，那把刻雙羊玉的刀？」希洋反應快，馬上聯想出來。在夈給她看的影像中，巫比拿出一把刀子，在上面施法，然後刻出雙羊玉，只是她沒有特別記得那把刀的樣子。

「對，也是刻這塊梟玉的刀。」智梟說：「巫比一部分的法力在這塊玉上，一部分的法力在那把刀上。兩個法力結合起來，才能制止大巫奎的力量。」

「那你知道大巫奎在哪嗎？」侑銘問。

「呼，我不知道，我感覺不出來，但是我知道他在找機會行動。最近幾天，我玉上的紋路開始變淡，甚至有些紋路已經消失了，如果這塊梟玉整個磨損消失，我的力量也會跟著散去。所以要在那之前找到吉金小刀，把兩部分的力量結合，才能阻止大巫奎的力量復甦。」智梟說。

「那把刀在哪？也在故宮裡面嗎？」侑銘四周張望。

「我不確定，所以才需要你們的幫忙。」智梟說：「我的法力有限，不能離開這塊玉，但是，妳身上的雙羊玉也是用巫比的小刀雕刻，有巫比的法力加持，所以我可以附在妳的雙羊玉上，讓妳帶著我走。我們可以一起去找巫比的小刀。」

「好，沒問題。」希洋熱切的說。

智梟的形影飛了過來，停在希洋的雙羊玉上。

侑銘打開故宮地圖，仔細研究，他手指著一方，「這裡是青銅器區，我們過去看看。」

兩人一鳥來到青銅器區，這一區果然有很多大小、形狀、功能不同的青銅古物。他們睜大眼睛，仔細尋找，不過智梟都沒看到巫比的刀。

這時，在一件有四個羊頭裝飾的〈鉤連乳丁紋羊首罍〉旁，他們看到四件青銅武器狀的東西。

「等等，你們看，從上數下來第三件，」智梟指著〈鈴首曲背彎刀〉。「這把不是巫比的刀，但是跟他的那把刀很像。」

兩人仔細看，這把刀並不特別起眼，造型簡單，刀背彎曲，刀柄上有個銅鈴，經過歲月的侵蝕，刀面已經不再光亮平順。

「巫比的刀長得就像這樣，但是刀柄上有夔龍的雕刻。」智梟解釋。侑銘拿出手機，幫刀子照了好幾張相。希洋也努力的把刀的樣子記在腦海裡。

他們在故宮的展場又多繞了幾圈，確定這裡沒有巫比的刀子。

「現在怎麼辦？」侑銘有點氣餒。

「看來，刀子不在這間博物館裡面，我們要去別的地方找。」智梟說。

「萬一那把刀被毀了呢？幾千年來，被腐蝕了呢？」侑銘問。

「不會的，那把刀就跟這塊玉一樣，有巫法在裡面，不是那麼輕易被損毀的。」智梟的話讓兩人微微放心。

「要從哪找起？這把刀可能還埋在土裡，可能收藏在誰家裡，可能在哪個博物館，範圍太大了！」希洋問。世界這麼大，要找一把商朝的刀，實在太難了。不過她忽然想到那次在大海裡再度找到哥哥的小刀，那樣的機率也是很渺茫，可是就是讓她找到了，說不定她就是有這樣的運。想到這裡，她又熱血起來，暗暗決定，一定要找到巫比的小刀！

「雖然不在這間博物館，但我可以感覺到，這把刀已經出土很久，而且離我們不遠。呼呼。」智梟說。

「太好了！我們一定可以找到！」希洋期待的說。侑銘看了她一眼，不知道她哪來的信心，不過他知道自己一定會幫她的。

12 施爸

去故宮後幾天，希洋依照先前的承諾，帶著侑銘到社區游泳池教他游泳，侑銘運動神經好，學得很快，沒幾天就學會換氣，雖然希洋告訴他，潛水時有水肺，不會換氣也沒問題，但是他很好強，覺得既然要學就要學得好。他沒讓人失望，沒多久就可以自由在水裡游泳了。之後，希洋的爸爸先從潛水基本知識開始教起，讓他通過筆試，然後帶他下水，很快的他一一通過測試，拿到證照。

「妳看！」侑銘手上拿著剛收到的證照卡，臉上閃著開心的笑容。

「太好了！」希洋說。

這段時間，他們倆也努力上網找資料，先從中國的博物館開始，一一比對圖片，雖然智梟認為離他們不遠，但是日本、美國、英國的博物館也不放過，都在網路上仔細尋找，可是都沒有找到巫比彎刀的照片。

這天放學，兩人相約走路一起到侑銘家。侑銘的外公說好久不見希洋，做了幾個點心要請希洋到家裡去。

「你有帶雙羊玉嗎？」侑銘一邊走一邊問。本來兩人說好，輪流保管雙羊玉，不過最近兩人常見面，這塊玉就放在希洋家的時候多些。

「有，」希洋拍拍口袋，「智梟看我們在博物館中都沒有找到刀子的蹤影，牠覺得我們應該要換方向找。」

「換什麼方向？骨董店？個人收藏？」

「有可能。只是不知道怎麼下手去找。」希洋嘆口氣。兩人走著走著，侑銘家的雜貨店就在眼前。

就在這時候，雜貨店傳來嘈雜聲，有東西落地聲，有叫罵聲，有腳步聲，然後一名男子從雜貨店倉皇跑出來。男子穿著簡單的運動服，看起來很精壯，他的神色慌張卻又無奈，希洋覺得他看起來有點面熟。

「那是外公在罵人，奇怪，外公從來不會這樣對顧客啊！」侑銘擔心又不解，他拉著希洋快步上前。

男子看到侑銘，愣了一下，「你是小侑?!」

「你是誰？」侑銘想不到這人認識他。

「我是……」

「小侑！進來！不可以跟陌生人說話！」這時候，外公也大吼著衝出來，他拿著掃把，把男子再往外趕，然後拉著侑銘進屋。

侑銘一向聽話，跟著外公往屋內走。男子站在外面看了雜貨店一會兒，轉過頭，往大路走去。

「希洋，妳也進屋來！」外公大聲喊著。

希洋看了外公一眼，考慮了兩秒鐘，「我馬上回來！」

她追著男子而去，因為，口袋裡的智梟正用通心術焦急的告訴她，這個男子跟巫比的刀子有關！她一定要把握這個機會。

「先生，先生！」希洋喊著，趕上了他。

男子停下腳步，詫異的看著她，「有什麼事嗎？」

「請問，你認識侑銘嗎？」希洋問。

「妳是？」男子盯著她看。

「我叫希洋，我是他的朋友。」希洋自我介紹。

「我……」男子頓了頓，「我叫施義偉，我是侑銘的爸爸。」

難怪希洋覺得這男子眼熟，他跟侑銘一樣，手長腳長，膚色黝黑，盯著人看的那種專注眼神特別神似，原來他們是父子。

希洋知道，侑銘雖然嘴裡不明說，但是他一直想知道自己的父親在哪，一直對希洋可以跟父親朝夕相處表示羨慕。現在，侑銘的爸爸就在她眼前，她一定要弄清楚到底發生什麼事。

「那為什麼侑銘不知道你就是他爸爸？為什麼你不認他？」希洋直截了當的問。

「唉，不是這樣的，」施義偉嘆了一口氣。「當年，我跟侑銘的媽媽小凌認識時，她的爸爸非常反對我們在一起，因為我是一名警察，他覺得我的工作太危險了，小凌會吃苦，會有隨時失去丈夫的風險。我們的結婚並沒有得到她雙親的祝福。後來她因為意外過世，她爸爸對我更是不能諒解，認為我害死小凌，所以就帶走小侑，不讓我們見面。」

「她發生了什麼事？」希洋小心的問，侑銘是無意間聽到媽媽已死的事實，所以完全不知道原因。

「十五年前，我在辦一個案子，當時，有人來恐嚇我，要我不要繼續查下去，不然我的家人會有危險。當警察的，常常接到這樣的威脅，這是我的工作，我當然不會屈服。有一天晚上，小凌去買東西，回家的路上她被推進暗巷裡，那人粗暴的警告她，如果我繼續調查，她就會死。當時，她的頭被推撞到牆上，造成急性硬腦膜外出血。送去醫院時，醫生做了緊急手術，她也恢復意識，我們以為她會好起來，可是五個月後，她還是腦部重傷太嚴重，走了。」施義偉抹抹臉，一臉悲傷。「那次之後，小凌的父親更恨我了，他帶走侑銘，四處搬家，讓我找不到他們。這次，好不容易我找來了，他還是不讓我跟侑銘見面。」

希洋聽了也很難受，原來不是像外公說的，他的爸爸惡意遺棄他們母子。

「希洋！過來，不要跟這個人說話，他是騙子，詐騙集團的人，不要相信他！」侑銘的外公這時氣沖沖的跑過來。

施義偉拉過希洋的手，迅速塞個東西在她手心，低聲的說：「保持聯絡。」他轉過身，馬上離開。希洋感覺到那是一張紙片，她也趕快放進口袋。

外公緊張的看著希洋，「那個人跟妳說什麼？」

這時，侑銘也追上來，「外公！」他看著眼前的兩個人，感覺氣氛很奇怪。

「不管說什麼，他是騙子，不要相信他。」外公氣沖沖的瞪著希洋說。

希洋也回望外公，沒有退縮，她心裡來回斟酌拉扯，沒錯，她是跟侑銘講好，在外公面前還是假裝他媽媽長年在外地工作，假裝他什麼都不知道。但是，這樣真的是最好的方式嗎？他已經沒有媽媽了，現在爸爸出現要找他，也要假裝他不存在嗎？就只是外公一廂情願的認為這樣對侑銘比較好？這對侑銘太不公平了，他沒有理由不跟自己的爸爸見面。

「你們在說什麼？」侑銘問。

「侑銘，」希洋看著他，「剛剛那個男人是你爸爸。」

侑銘愣住了，大眼睛充滿疑惑，轉頭看著外公。

「我剛剛跟你們講了，他是騙子、騙子！」外公氣得大吼。

「他叫施義偉，他沒有拋棄你們，他一直都在找你。是外公不讓你們見面。」

希洋不理會外公的反應繼續說。

「他是個騙子！他不配當侑銘的爸爸，他害死小凌，不可以再來害他！」外公喊完，才發現自己講了什麼。他摀著嘴巴，驚恐的睜大眼睛。

「外公，」侑銘走過去，抓住他的手臂，語氣低沉又冷靜，「其實我早就知道媽媽已經過世了。我們可以不要再假裝了。」

外公身體晃了晃，沒有倒下去，但是臉色蒼白。這麼多年的隱瞞，一直想著要在哪天告訴孫子真話，一直想著要怎樣講才不會讓他太傷心，他在心裡演練又演練，想不到，現在他變成那個被隱瞞的人。

「你知道了……」外公喃喃的說。

「是的，外公。」侑銘握緊外公的手，「我懂得你的辛苦，你的用意，但是我也想知道，媽媽怎麼死的。我的爸爸呢？還有什麼我不知道的？」

外公看了希洋一眼，希洋點點頭。「外公，侑銘不是小小孩了，他應該要懂，這才公平。」

「好吧……」外公嘆口氣。

「侑銘，那你扶外公回去，我先回家了。」希洋覺得這件事應該讓他們祖孫倆好好去談。她晃晃手機，代表保持聯絡，轉頭朝另一個方向走。

13 名片

希洋回到家，躺在床上，施義偉的故事讓她覺得心裡沉重，但想到侑銘可以跟爸爸相認，又替他覺得開心。

這時候，一隻貓頭鷹忽然出現在她面前。

「智梟！」希洋想起來了，牠要她追出去，因為這男人跟巫比的刀子有連結，可是她沒問到跟刀子相關的消息。

「我跟他講話時，你感覺到了什麼嗎？那把刀在他身上嗎？」希洋問。

「沒有，刀子不在他身上。」貓頭鷹說，希洋也覺得不像，雖然警察可以攜帶武器，可是他今天全身運動服裝扮，而且警察不會帶把商朝的青銅鈴首刀當武器。

「不過我可以感覺到，他跟巫比的刀有關係。」貓頭鷹堅持的說。

希洋想起口袋的那張紙片，她拿出來看，是一張名片，上面很簡單，就是施義偉的名字和電話。她打算明天打電話給他，看能不能問出什麼。

她收好名片，想了想，打開電腦，在搜尋引擎上打入「施義偉，商朝青銅刀」，出來的都是各式青銅刀的介紹跟描述。她也沒有很失望，如果施義偉有一把祖傳的商朝古物，應該也不會沒事放在網路上宣傳。

這時候，手機響起，希洋一看是侑銘。

「我剛剛跟外公聊好久，他現在去睡了。」侑銘說。

「外公怎麼說？」

「他承認施義偉是我的爸爸了。他還是一直認為是我爸爸害死媽媽的，還是不准我跟他見面。你知道我媽媽怎麼死的嗎？」

「你爸爸跟我說，當時在辦一個案子，有人威脅恐嚇，還對你媽媽暴力相向，害她頭部受傷嚴重不治的。」希洋說。

「跟外公說的一樣。」侑銘聲音低沉，不過他又換了個口氣，「你知道嗎？我隨口問他，當年什麼樣的案子，外公說他不記得很多，只記得有個富商被發現死在家裡，大家都覺得是自殺，只有我爸爸認為是他殺。」

「喔，這樣啊！」希洋隨意聽聽，沒有很在意。

「外公說，他記得有件事很特別，那就是，這個富商的胸口插著一把刀子，這把刀子據說是商朝的青銅古物。這有沒有讓妳想到什麼？」侑銘的口氣帶著點興奮。

「當時我從你家門口追出去，就是因為口袋的智梟用通心術告訴我，說你爸爸跟刀子有關係，想不到是這樣的關係！一定就是巫比的刀子！」希洋口氣急促，她等不及明天聯絡施義偉，一定要弄清楚這件事。

「你爸爸離開前給我他的名片，明天我們一起打電話給他！」希洋期待的說。

14 相見

事情比想像的還順利，施義偉很開心希洋這麼快就聯絡他，而且侑銘也願意跟他說話，讓他很開心，馬上約了兩天後三人一起在公園見面。

「想不到你會想見我……」施義偉的聲音有點哽咽，「我以為，你會被外公說服，恨我這個害死你媽媽的人。」

「不會啦……ㄅ……」侑銘的嘴巴張開又合起來，希洋猜他想喊爸，卻又不習慣。

「你現在幾年級？喜歡什麼運動？喜歡吃什麼東西？平常有什麼嗜好？放學後會去哪……」施義偉可能急於想彌補十幾年見不到小孩、不了解小孩的遺憾，熱切的問了許多問題。不過可能職業是警察的關係，讓希洋覺得好像有點辦案問嫌犯的感覺。

「我國三，我喜歡打籃球、跑步，現在會游泳，希洋的爸爸還教我潛水，最近拿到潛水證照。我喜歡吃海鮮、臭豆腐、滷肉飯……」侑銘覺得有點彆扭，不過還是很有耐心的一樣樣回答。

兩個人的對話從開始的一問一答，到後來慢慢聊到一些對未來的期望，對人生的態度，總算有聊天的感覺。希洋想問關於刀子的事，但是她知道這兩人需要一些時間培養感情。

「對了，爸，我想問你一件事。」侑銘忽然直接又自然的喊出來，大家都有點驚訝，卻又很感動。

「好啊，你說啊！」施義偉忍住激動、微笑溫和的說。

「外公說，十五年前那個案子，有個富商死在家裡，胸口插著一把刀，那把刀子是商朝的青銅器，是真的嗎？」侑銘問。

施義偉有點意外，「是的，我們請古物鑑定專家鑑定過，的確是把商朝的青銅刀。你怎麼會問這個？」

侑銘跟希洋對望一眼，兩人有默契，決定在沒有確定前，什麼都不講。

「沒有啦，最近學校帶我們認識青銅器，外公提到時，讓我很感興趣。」侑銘看他爸爸表情似乎不太相信的樣子，又繼續說：「另外，外公還是很恨你，今天我是偷偷出來的，如果要讓外公諒解你，我們要找到當時害媽媽受傷的嫌犯，這樣外公才能釋懷，以後我跟你見面才能光明正大。」

最後一句話打動了施義偉。「唉，十幾年來，我也努力這樣做，可是都沒有進展。」

「那把刀長什麼樣子？」希洋忍不住問。

「那把刀在警察局證物室，一般人不可以進去。不過我可以給你們看照片。」施義偉拿出手機，打開照片。

「天啊……」希洋驚呼，這把刀放在證物袋裡，可以看見，除了這把刀比較短一點，跟故宮看到的那把〈鈴首曲背彎刀〉幾乎一樣。

「你有刀柄的近照嗎？」侑銘問。

施義偉找了找，打開一張照片，兩人湊上去看。果然，刀柄上刻有一隻夔龍，跟〈龍冠鳳紋玉飾〉上的夔龍一樣。

「就是這把刀。」希洋低聲的說。

「爸，我們可以去看這把刀嗎？」侑銘請求的問。

「不行，證物室不是隨便可以進去的。」施義偉嚴正的說：「破案之後，這把刀才可以拿出來，還給家屬。」

希洋可以看出這名警察的責任心與做事情的嚴謹態度，看來，要等到破案之後，他們才能接近那把刀子。

只是，十五年來都破不了的案，如今事隔這麼久，要破案的機率更是低到接近零了。他們倆不是警察，不懂辦案，能幫什麼忙？

「外公說，當時死者被判定是自殺，只有你認為是他殺，到底怎麼回事？」侑銘好奇的問。

「那個案件啊……」施義偉陷入回憶，「周萬德是周氏集團的前任負責人，手上有幾億的資產，也喜歡古物的收藏、拍賣。在一個家庭宴會上，他被發現陳屍家中，胸口就插著這把刀。那天的情況是，下午開始，賓客陸續來到豪宅，晚上八點，他說肚子有點痛，要上樓吃藥休息一下，家庭醫生跟看護都證實，他平常早睡，七十八歲的人身體還算健康，但是不免有些小病小痛，定時吃些藥物，沒有大礙。

「他太太晚上九點半上去看他，她說他喝了她端去的紅棗茶，手上把玩著最近從拍賣會標到的商朝青銅刀，她沒有想太多，讓他繼續休息。晚上十一點，客人差不多都散了，看護上樓要給他睡前藥，敲打房門沒人回應，門從裡面反鎖打不開，看護很緊張，讓人把門撞壞闖進去，看見周萬德胸口插著這把刀，已經流血過多死了。因為門是用插銷式門鎖從裡面鎖起來，所有的窗戶也是從內鎖住，所以第一時間判定是自殺。」

「你為什麼認為是他殺？」侑銘好奇的問。

「首先是動機。」施義偉說：「自殺也要有動機。那天慶祝的是周萬德小孫女的周歲，全家都很開心，每個家庭成員都說看不出來他有什麼心情不好的樣子。家醫說他沒有憂鬱症病史，他的大兒子總裁也說，最近家族企業都很順利，沒有什麼商業糾紛。」

「指紋呢？」希洋問，她喜歡看推理小說，知道指紋鑑定是辦案中重要的證據收集。

「這就是另一個疑點，現場的確沒有別人的指紋，只有周萬德的指紋，甚至那個插銷式門鎖上也是他的指紋。但是，在門鎖上採集到的一枚指紋，上面有血跡，也就是說，他是被刀刺傷之後才去鎖門的。一個計畫自殺的人，選一個大家都在的日子本來就不合理，而他居然一進房間卻不先鎖門，一直到受傷了才鎖門，這些都是奇怪的疑點。」

施義偉繼續說：「還有凶器，這把商朝青銅刀是事發前兩個星期才買到的，他太太說他一直很珍愛，或許因為很喜歡所以用它結束生命。這聽起來也是很讓人不解，他是一個懂古物的人，願意花大錢買回來珍藏，怎麼願意見它染上血跡？現在還躺在警察局證物室十五年不見天日呢！

「可惜這些只能當疑點，不能當證據證明是他殺，所以我主張朝他殺的方向再去偵查。尤其之後，遇到有人威脅恐嚇我太太，更讓我懷疑他不是自殺的。只是一直都沒有有力的證據，也無法打破密室之謎。」施義偉端看手機上的青銅刀照片嘆口氣說。

就在這時候，希洋感受到智梟用通心術跟她說話：「呼，從照片上，我感應到一些微弱的影像。」

「你看到什麼？」希洋緊張的問。

「不是很清楚，我看到一個年輕的男子把刀刺進老人的胸口，他走後又有個婦人出現，老人勉強站起來，就這樣。」

「果然不是自殺！」希洋心跳加速，想不到智梟可以看到行凶過程，她用通心術再問：「你看得出來，這兩人長什麼樣子嗎？」

「影像不明，太模糊了，只知道是年輕男子。我倒是看到年紀大的婦人穿著桃紅色的洋裝。」智梟說。

希洋抬起頭看著施義偉，心裡斟酌再三，決定開口問：「命案那天，周萬德的太太是不是穿桃紅色的洋裝？那天的賓客裡面，是不是有個年輕男子？」

施義偉好奇的看著她，「妳為什麼會這樣猜？」

侑銘也皺著眉頭問：「妳怎麼知道的？」

「如果你能證實我的猜測，我就告訴你原因。」希洋說。

施義偉懷疑的看她一眼，不知道要不要相信她的話。他想了想說：「賓客裡面有不少年輕男子。他太太穿什麼，我不記得了。不過我有收集一些案發當天的照片，其中有一張是他們全家族的合照。我找出來看看。」

希洋趁施義偉低頭找照片時，悄悄拿出雙羊玉在手上，用手指了指，再用手當翅膀拍了拍。侑銘跟她有默契，馬上了解到是智梟用巫術看到，告訴希洋的。

他瞪大眼睛，臉色沉重。

他了解到，希洋打算跟他爸爸講關於智梟和刀子的事。他拿捏不定主意，不知道爸爸會不會相信？他今天才跟爸爸相認，可不想馬上就嚇跑他。可是如果因此可以破案，他們也就可以早日見到青銅刀，他也可以跟爸爸正式相認。

「在這裡。」施義偉把手機放到他們的面前。

兩人湊上前去看。典型的家族全家福，最前面一排小孩坐在地上，再來一排人坐在椅子上，後面還有兩排人。坐在椅子上最中間是一對年長夫妻。

「這就是周萬德，旁邊這位就是他的太太。」施義偉指著照片說。三個人同時都看到，他太太的確穿著桃紅色的洋裝，也是在場女士中唯一桃紅色裝扮的。

希洋也看到，的確至少有四、五個年輕男子在裡面，不知道哪個才是凶手。

「凶手是一名年輕男子。」希洋說。

「妳知道什麼？妳為什麼知道他太太穿桃紅色的洋裝。」施義偉瞇起眼睛。

希洋看了侑銘一眼，看侑銘點頭，她把雙羊玉拿出來。

侑銘接過雙羊玉，拿給施義偉看。「爸，你記不記得媽媽以前有隻玉羊？」

施義偉點點頭，「記得，她說是傳家寶物，以後要留給你，不過只有一隻羊，不是這樣兩隻相連。」

「爸，其實這其中一隻就是媽媽當年的那隻玉羊。」侑銘把他跟希洋認識的經過，還有雙羊玉與智梟的事情都仔細的說出來。

施義偉瞪大眼睛，不敢置信，但是本來一隻玉羊現在變成兩隻，讓他不知道還能怎麼解釋。

「智梟，」希洋輕輕呼喚，「你願不願意現身，讓侑銘的爸爸看到你？」

此時公園四下無人，三人站得很靠近，侑銘手心捧著雙羊玉在三人之中。這時，從雙羊玉升起一道朦朧珍珠光，光慢慢變成金黃色，然後一隻金黃光芒的貓頭鷹出現在他們眼前。施義偉驚訝萬分的看著智梟，沒想到，孩子們說的是真的。

「你看到有個男子拿著刀子刺進周萬德的胸口？」施義偉不愧是有經驗的警察，馬上鎮定心情，開始問話。

「呼，沒錯。」

「是照片上的哪個人嗎？」施義偉問。

「影像不是很清楚，我可以感覺是這家族的人沒錯。我看到他匆忙離開，之後穿桃紅色洋裝的女人進來……」

「等等，你說她自己進來？當時門沒有鎖？」

「應該沒有，她開門進來。」智梟說：「她跟受傷的老人說了一些話，然後她也慌忙的離開。就這樣，我只能看到這些。」

施義偉臉色大變，「門是在凶手跟他太太離開後才被鎖起來。他太太在他受傷後還跟他說過話，她卻不是這樣跟警方說的，而且她離開現場後也沒有馬上報警，等到兩個小時後看護報警時，周萬德已經死了。」

「她雖然不是凶手，但是一定知道凶手是誰！」希洋說。

「我需要再去問她問題。」施義偉抹著臉說。

「可是，有巫術的商朝貓頭鷹的話可以當證詞嗎？」侑銘問。

「當然不行，」施義偉看著他們，「不過有技巧的問話，可以打破人的心防，說不定可以問出什麼來。等我有消息再來跟你們說。」

15 周太太

星期天，施義偉帶著兩個孩子，一起去一家養老院。

「我們為什麼來這裡？」希洋好奇的問。

「我試著去跟周太太聯絡，可是她家人說她幾年前堅持搬出去住進養老院，不願意受外人打擾，我費了好大的工夫終於讓她願意跟我見面。我想說，她看到你們，態度應該會比較緩和，會願意多說點事。」施義偉說。

侑銘看看四周，幾位老先生在打太極拳，兩位老太太在一旁下棋，幾名老人家在花園裡澆水，也有人開朗大聲的講話聊天，完全沒有想像中養老院死氣沉沉的刻板印象。

他們來到一樓走廊底端的大門，施義偉按門鈴，沒多久周太太打開門，希洋看她全身裝扮簡單不繁複，但是渾身散發一股優雅好人家的氣質。

「請進。」周太太親切的說。希洋看看四周，這裡就像一個豪華的小公寓，裡面的格局裝備都很完善。他們一行人坐在客廳的沙發上。

「施警官，好久不見了。這兩位是？」周太太看到不只警察出現，有一點驚訝跟好奇。

「這是我兒子侑銘，跟他的朋友希洋。」施義偉介紹。

「原來是你兒子，你找到他，把他帶回家了？」周老太太驚訝的問。

當年施警察的太太因為被案件連累過世，孩子也被外公帶走，這件事一直讓周太太很不安。

施義偉苦笑，「我是找到他，可是他外公還是恨我，認為我沒找到凶手，等於害死小凌，不讓我跟侑銘見面。」

「是啊，我要見爸爸，還要騙外公說要去圖書館念書。」侑銘也補充說。

周太太臉色微微一變，她偏過頭，沒有正視他們。「我已經說過，我先生是自殺的，沒有什麼凶手。我對小凌莫名其妙被牽連也感到抱歉，但是真的沒有凶手。」

「所以，那天晚上，你送紅棗茶上去時，他還活著？」施義偉問。

「是的。」周太太冷靜的回答。

他們知道這是實話，但是活著不代表他沒受傷。智梟看到她跟受傷的周先生說話。

「他跟你說什麼？」

「他說要休息，叫我下去招呼客人。」

「然後呢？」施義偉再問。

周太太站了起來，「這些話我十五年前都講過好多遍了，你今天忽然再來問這些是什麼意思？」她優雅的態度蒙上一層冰霜。

「因為周先生不能白死，小凌也不能白死。已經十五年了，事實必須呈現。」

施義偉定定的看著她。

希洋輕輕拉著周太太的手，扶她再度坐下來。她忍不住開口，「侑銘跟他爸爸也分開了十五年，父子不能見面，代價太大了。」

周太太表情堅毅，但是身體微微發抖。

施義偉把聲音放低，語氣溫柔。「他臨死前，還跟妳說了什麼，讓妳放棄救他？讓妳守著祕密十五年？」

周太太身體一震，這些話直直刺進她的胸口，她想到他先生死前胸口插著刀的畫面，那個纏繞她十五年的夢魘，現在她感受到巨大的疼痛。當年，他是不是也一樣的痛？他的痛已經過了，可是她的痛，痛了十五年。

「我沒有見死不救。」周太太激動的說：「他那時候知道自己受傷太重，叫救護車也沒用。」

「那為什麼要假裝成自殺？」施義偉看著她。

周太太嘴巴張開，又合起來。希洋跟侑銘緊張的屏住呼吸。

「把刀刺進你先生胸口的，就是你們家族裡的人對不對？」施義偉再往前問得更深入。

周太太坐在沙發上，眼淚一點一滴的流下來。希洋遲疑了一下，站起身，走過去，抱住她的肩膀。周太太終於放聲大哭，哭了好一會兒，才深呼吸，開口說話。

「正斌是家族的長孫，是我們的寄望。」周太太神情落寞，「可是從小就有問題，越大越嚴重，在學校惹出很多事端，咆哮老師、毆打同學都有。我先生認為家族名聲很重要，不願帶他去醫院檢查，怕別人知道，只是留在家裡，請老師來家裡上課。

「宴會當天，他因為很多客人到來，情緒很不穩定，可是我們都在忙，不能特別照顧他。晚上，我先生上樓休息，他拿出最近買的青銅刀把玩，正斌上去找他，不知道什麼原因，正斌又發作了，開始對我先生抱怨有人跟蹤他，要害他，他需要保護自己。他看到青銅刀，就拿起來揮舞，說這是保護他的神器。我先生擔心他，伸手去搶，他更生氣，失控，暴力，兩人扭成一團，他……他用錯力，一失手，直接把刀插入我先生的胸口。

「我剛好在事情發生後沒多久端茶上去，我看到時都嚇死了，我要去報警，可是我先生不准，說正斌不是被當成殺人犯，就是精神病患，他的一生會毀了，家族的名聲也會受影響。他說反正他都要死了，那就當成自殺好了。

「我當時真的不知道他要怎麼當成自殺，他只吩咐我不要碰任何東西，要我快出去，想辦法安撫正斌就好。之後，果然就被判成自殺，沒有人懷疑到正斌頭上。」

施義偉點點頭。「所以他在臨死前，用盡最後的力氣，擦去刀上的指紋，把門窗全部反鎖，這樣，就算有任何疑點，只要密室的證據牢不可破，自殺成立，正斌就安全了。」

周太太嘆口長長的氣。「只是事情發生後，正斌更不穩定了，常常自言自語，自己打自己的頭，捶自己的胸，我為了保守祕密，誰也沒有提過，我盡量去安撫他，告訴他，爺爺是自殺的，要他不要亂講話。可是沒想到這樣讓他更混亂，現實跟謊言搞不清楚，一直來問我，到底爺爺怎麼死的？後來施警官對自殺這點有疑慮，想要再去深查，這樣更是嚇到正斌，他就偷偷溜出去找施太太。他事後跟我說，他只是想去嚇嚇警察太太，沒有想到要害死她。只是憾事又再度發生，我已經無能為力了。半年後，正斌無法假裝正常下去，終於崩潰，被送進療養院，一直到今天，全家族沒有人知道為什麼他忽然變得這麼嚴重，只有我知道，只有我知道啊……」

周太太喃喃的說，語氣有著無限的悲淒。埋藏十五年的祕密，終於說出口，沒有放鬆，也不是解脫，只有複雜的情緒。

侑銘聽到害媽媽的人在療養院十五年，心情也是很複雜。雖然正斌不在監獄，但是他的心也是被囚禁的，也是失去自由十五年。侑銘覺得心裡的恨意沒有那麼強烈了。

施義偉抹抹臉，情緒也是很激動，十五年了，終於真相大白。

「正斌會去坐牢嗎？」周太太抓緊施義偉的手問。

「剩下的，我們交由司法處理。不過你放心，療養院可以證明正斌有精神疾病，他不會被送到一般監獄的。」施義偉說。

16 夔龍現身

這天，施義偉帶著兩個小孩來到警察局。侑銘跟希洋都很興奮，終於結案了，那把鈴首青銅彎刀將要由周太太領回去。施義偉准許讓他們先拿雙羊玉來，讓刀子上巫比的力量跟〈龍冠鳳紋玉飾〉上的力量結合。

施義偉給他們一個安靜的小房間，房間裡只有一張桌子和兩張椅子。鈴首青銅彎刀就放在桌子上。

他們把雙羊玉拿出來，白色的光慢慢升起，白光轉成金黃色，然後一隻貓頭鷹出現在眼前。

「呼，終於找到刀子了。」智梟銳利的雙眼看著桌面。

「你能喚出裡面的力量嗎？」希洋問。

智梟點點頭。

智梟張開翅膀，飛向刀子，牠在桌子上面盤旋兩圈，金黃色的光點像雪片，細細碎碎的撒在刀子上，青綠色的刀子沐浴在一片光芒中。

這樣維持了一段時間後，光芒慢慢減弱，然後像是被吸塵器吸走那般，剩下的光芒一下子都被刀子吸了進去，刀子恢復原來的樣子。

希洋跟侑銘都瞪大眼睛，不知道這樣是不是就算完成了，兩人正要開口問智梟，這時，刀子居然微微震動起來。

原本在飛翔的智梟，此時停了下來，站在刀子上，只見刀子再度發光，通體金黃，然後一道道的光線以刀子為中心向外射出，像是一條條金黃光芒的彩帶，在空中舞動、纏繞，滿室耀眼金光，非常好看，兩人都看呆了。

這些金色的光線在智梟的頭上匯集，舞動的速度更快，接著開始變色，一條條變成黃橘色，然後顏色越來越深，變成深橘色，像太陽的光芒那樣。

金橘色的光芒越來越耀眼，纏繞的動勢也越來越激烈，像是有人用手把這些光線撮捏在一起，最後終於形成一個物像。

希洋跟侑銘仔細看去，終於認出來。這物像有個像蛇般的身體，身上帶鱗片，尾巴捲翹，只有一隻腳，雙眼炯炯有神，嘴巴張開，是一隻夔龍！一隻金橘色的夔龍。

夔龍在智梟的上方遊走，讓希洋想到故宮的那塊〈龍冠鳳紋玉飾〉。

「你就是巫比的另一個力量嗎？」希洋問。

「是的，巫比的力量現在在我們兩個身上了。」夔龍說。他的聲音穩重柔和，讓人覺得信服。智梟也呼呼兩聲，點點頭。

「那我們可以去制止大巫奎了嗎？」希洋語帶興奮的說。

「呼，大巫奎的力量正在甦醒中，但是他的行蹤很隱密，我們還察覺不到他在哪，會以什麼樣的型態出現，但是如果他有任何動作，我們一定會感應得到。」智梟說。

「現在巫比的力量結合了，大巫奎一定也會感應得到，我想，他不會善罷甘休。但是只要我們倆的力量在一起，要制伏他就不難了。」夔龍說。

「對啊，現在拿到小刀了，你們兩個要把它保管好啊！」智梟呼呼的說。

希洋跟侑銘對望一眼，表情為難。

「這把刀是周先生的，現在他死了，也破案了，刀子會還給周太太，我們不能帶走。」侑銘解釋。

「哎呀，玉珮被關在故宮裡，小刀也不能在你們手上，怎麼這麼麻煩啊？」智梟呼著氣抱怨。

「沒關係，這不會影響我們的巫法，」夔龍體諒的說：「暫時，我們兩個就先附身在你的雙羊玉上面，你們不會介意吧？」

「當然不會。」希洋跟侑銘異口同聲的說。

17 冰釋

外公看到侑銘、希洋跟施義偉一起出現在門外，整個人愣住，他馬上上前拉著侑銘進屋。「不是跟你說，他辦案不力，害死你媽媽，不可以見他，你怎麼不聽話！」

「他是我爸爸！你不能阻止我跟爸爸見面！」一向聽話的侑銘，這次用力掙脫外公的拉扯。外公愣在原地，他又想去拉侑銘，施義偉大步上前想阻止。

外公看到施義偉更生氣，轉身拿把掃帚，對著施義偉揮去。「你給我滾出去，你不走，我就叫警察來！」

「我就是警察！我已經來了！」施義偉穩穩的抓住掃帚，他看著外公，「不要為難孩子了，是我不好，我辦案效率差，不過我這次來是要跟你交代一件事，我……應該說，我跟兩個孩子，一起破案了。我們找到傷害小凌的人了！」施義偉不疾不徐的說。他的聲音沉穩有力，讓外公住了手。外公看著他，瞪大眼睛。

外公頓了一下，轉頭看看兩個小孩，兩人都用力點頭。他想了幾秒鐘，「好，進來說。」

希洋鬆了一口氣，很怕他們兩個大人話還沒講完就在門口打起來，她跟著大家進入屋內，每個人圍著客廳的長桌坐下。

「你說你找到殺害小凌的凶手了？」外公用銳利的眼神看著施義偉。

「當年我在偵辦周姓富商案件時，整個現場看起來像是自殺密室，但是我一直覺得不是，所以我大膽假設……」施義偉把整個事情詳細的說給外公聽，當然，他避開了智梟用巫法看到凶手影像的部分。

「所以周先生的孫子正斌就是威脅恐嚇小凌，害她受傷的人。還好這次有侑銘跟希洋的幫忙，他們給了我不同的思考方向，這才突破盲點，順利破案。」施義偉說。

希洋跟侑銘聽到「不同的思考方向」，兩人對望一眼，心裡偷笑。

「十五年來我沒有一天不把這個案子放在心上，沒有一天不想小凌跟侑銘，現在我找到侑銘了，你不能再限制他跟我見面。」施義偉真誠的看著外公說。

外公心裡五味雜陳，終於知道這一切了，他恨那個叫正斌的人，卻又在心裡的某個角落同情他。

「外公，侑銘有爸爸，卻十五年不能相認，這樣不僅不合法，還不人道，而且你想想看，要不是他們這次相認，有了侑銘的幫忙，施叔叔才破案，或許這就是你女兒在天之靈希望他們父子相認，才能幫她找到真凶。難道你覺得，她在天上會很開心她的先生跟小孩不能在一起？」希洋說。

外公看著她，又看看施義偉，再看看侑銘。

他摸摸侑銘的臉，「你們可以相認，我不會再搬家，也不會阻止你們見面了。」

「真的？謝謝爸！」施義偉開心的笑開了臉。

「謝謝外公！」侑銘也好高興，咧著嘴笑。

「可是侑銘還是要跟我住。」外公口氣堅定的說。

施義偉知道他們祖孫相依為命這麼多年，不能讓侑銘一走了之，讓他一個老人家獨居。「不然這樣，你跟侑銘一起來跟我住？」

「以後再說吧，我年紀大了，不要再搬家了。」外公搖搖頭。

「好，我另外找房子，租個地方在你們鎮上。侑銘想過來隨時可以來坐坐。」施義偉爽快的說。

外公緩緩點頭。

「太好了！」侑銘終於放下心，看到爸爸、外公一起坐在客廳聊天，雖然還不是很熱絡親密，可是至少不用掃帚往來。

第三部

青銅鈴首刀

18 鈴首刀

侑銘覺得不用生活在謊言跟欺騙中，心情特別輕鬆。希洋想到剛認識他時，那個憂傷憤怒的男生，現在變得比較開朗活潑，也替他覺得開心。

「你覺得大巫奎會附身在什麼東西上？」侑銘問希洋。這天放學，他們照例一起走路回家。

「不知道耶，」希洋想了想，「我猜是什麼古物上面。就像那些羊啊、梟啊，還有巫比的力量，都是在商朝古物上，大巫奎也是商朝人，應該也會找古物來附身。」

「我猜也是，很可能又是哪件青銅器或是玉。」侑銘說。

「下次我們去潛水時，說不定在海裡又找到另一個古物呢！」希洋半認真半開玩笑的說。

「最好是啦，哪有天天在海裡撈到古物的好運，做夢比較快！」侑銘瞪她一眼。

「誒——」希洋尾音拉很長，「我還真的做夢找到故宮的那個貓頭鷹玉呢！」

「哈！說得也是。」侑銘抓抓頭。

這時，侑銘的手機響起。是施義偉。施義偉行動力很強，上星期就搬到這個村鎮，找個離外公家近的出租房子，還給了侑銘一副備用鑰匙。

「喂，爸。」侑銘接起電話。

「你放學了吧？」

「是啊，希洋跟我一起走路回家。」侑銘說。

「你們倆過來一下，我有東西給你們看。」施義偉說。

「什麼東西？」侑銘問。

「來了就知道。」施義偉口氣有點神祕。

侑銘看了一眼希洋，希洋聳聳肩，一副都可以的樣子。「好，我們現在就過去。」

兩人走過幾條街，來到小鎮的另一頭，一棟透天的房子。這裡比較遠離熱鬧的商店區，四周都是新蓋的住宅，施義偉租的這棟面海，視野很好。

「爸，你說有東西給我們看，什麼東西啊？」侑銘一進門就迫不及待的問。

「坐下。」施義偉慎重其事的樣子，讓兩個小孩更是好奇。

兩人並肩坐在客廳的沙發上，看著施義偉拿來一只信封，還有一個盒子。

「你們記得周太太嗎？上次我們去養老院拜訪的那位。」施義偉問。

「記得啊，她怎麼了？」希洋問，語氣非常的擔心。

「她沒事。」施義偉趕快解釋，「她說年紀大了，想要把一些身外事情處理一下，所以托我把這封信和盒子給你們。先看信。」

侑銘接過來，拿出裡面的信紙，希洋也湊上來一起讀。

侑銘、希洋：

很高興能夠認識你們，謝謝你們來探望我。

侑銘，我想正式跟你道歉，因為我的孫子，讓你失去了母親，又跟父親相隔這麼久才相認，我一直覺得非常不安與愧疚。這都是因為我先生跟我的錯誤決定造成的，為了家族的面子包袱，我們沒有送正斌去接受正規的治療，因為我們想掩飾正斌的罪行，所以一錯再錯。

我一定要跟你說聲對不起。只是我年紀大了，拉不下臉當面跟你說，所以我決定用這樣的方式告訴你，希望你見諒。

為了表示我的誠意，我做了一個決定，也請你們一定要同意，這樣我才能覺得安心。盒子裡的東西是商朝的青銅劍，是我先生死前最喜愛的珍藏，也是他的骨董收藏品中最古老的一件。這東西價錢不菲，但是它已經不適合留在周家了。我想來想去，或許你們願意接收，所以我把這個盒子留給你們，希望你們能好好保存。

寫到這裡，我的心裡也放鬆多了。有機會，我們會再見面的。

王春之

侑銘跟希洋看完信，都不敢相信這是真的。希洋小心的打開盒子，果然是那把青銅劍。她從口袋裡拿出雙羊玉，把玉跟刀放在一起。

智梟跟夔龍馬上出現，在刀子的上空盤旋。

「這把刀子現在是我們的了。」希洋興奮的說。

「太好了！太好了！呼呼。」智梟開心的在刀子上面飛著。

夔龍跳上刀子，從刀尖走向刀柄，再走回刀尖。牠抬起頭，對著智梟說：

「我們讓這把刀恢復原來的光采。」

智梟呼的一聲，「好！」

牠飛下來停在刀鋒上，夔龍的單腳一蹦，跳到牠的頭上，就像故宮那塊〈龍冠鳳紋玉飾〉那樣，一龍一梟，一上一下。

智梟的鳥喙一張，一股黃煙噴出，夔龍則是從嘴噴出橘煙。兩道煙將這兩隻神獸整個籠罩住，夔龍的卷尾上下勾勒，左右橫掃，好像在指揮樂團，又好像在聚攏這兩道煙。只見四散的煙集成一團，成一顆黃色、橘色相混的煙球。

這顆煙球在大家的注目下，越來越亮，變成一顆金黃色的煙球，夔龍的龍尾靈活的上下擺動，金煙球也流暢的在尾尖旋轉跳動，然後夔龍像足球選手那樣，優雅的一記射門，用尾巴把金煙球掃向刀子。

這把青銅刀經過三千年來的氧化侵蝕過程，整個刀呈黑青色，就跟在故宮看到的一樣。此時，金煙球從夔龍的尾巴上降落，當它一碰到刀子，像是一個水球被刺破一般，金煙球整個爆開，變成一大團金粉。

這些金粉落在刀子上，原本黑色斑駁的刀身，現在整個變成亮眼的金色。刀柄上夔龍的雕刻更加明顯耀眼。

希洋跟侑銘都知道青銅器剛鑄成時是呈金黃色的，可是在網站上或是博物館看到的都是歲月侵蝕後的暗青色，第一次親眼看到這樣亮晃晃的原色，兩人都睜大眼睛，扶住下巴。

「它還會變回原來的青銅色嗎？」施義偉問，他也是看得目瞪口呆。

「不會了，這是巫比的刀，當時他並沒有把巫法施在刀上，而是把力量給刀柄上的我，同樣的也把巫法施在玉珮上的智梟，他希望這把刀就跟其他的吉金小刀一樣，在人世間自然的存在，如果大巫奎的法力再現，我跟智梟的巫法相結合，就可以對抗大巫奎的力量。現在有我跟智梟的法力合作，這把刀就不再是一般的小刀了，它不再因為歲月、空氣等等的變化而有外型顏色的改變，它會一直維持在剛鑄造出來時，最顛峰的美感和價值。」夔龍的語氣充滿神聖的嚴肅。

「你們知道大巫奎在哪嗎？」希洋問。

「在南方。」夔龍簡短的回答。

「南方？南方哪裡？我們怎麼去制止他？」侑銘問。

夔龍搖搖頭，「還不明確，我只感覺到一片暗紅的氣息在南邊的方向悄悄形成。」

「難道，我們就在這坐著等他的力量壯大？」希洋皺著眉頭問。

「當然不是，不過你們兩個人的任務完成了，剩下的就是我們兩個的責任，由我們完成就好。」智梟自信的說。

「可是，我也想幫忙。」以希洋的個性，她怎麼可能願意被晾在一旁，不能參與？尤其她已經參與這麼多了。

「大巫奎的巫法高強，不要說你們一般普通人，我們兩個都不確定能不能抵擋得了他。」夔龍嚴肅的說。

「可是——」希洋還要再說，侑銘打斷她。

「我們沒有巫法，怎麼幫他們？如果有什麼狀況，他們還要保護我們，另外分心，豈不是給他們更多麻煩？」

侑銘說的有理，可是希洋就是很不安。

「你們放心，我們有什麼進展，一定會跟你們說。」智梟說。

「好吧，如果你們需要幫忙，也一定要跟我們聯絡喔！」希洋跟他們再三確定。

「會的。」夔龍微微一笑。

「我們沒法應付的，妳怎麼幫忙啊？呼！」智梟大大的眼睛瞪她一眼。

「誰說我們不行？你跟夔龍相會，還不是我們幫忙的？」希洋忍不住頂了回去。

「好啦，好啦，我們讓夔龍跟智梟先去找大巫奎，最後關鍵妳再出手相救，好不好？」侑銘安撫希洋。

「這把刀要放誰家？」施義偉暗笑兩人孩子氣，趕快轉移話題。

「可以放妳家，還是像雙羊玉一樣，輪流保管？」侑銘無所謂的說。

希洋想了想，「放這裡好了，如果施伯伯不在意的話。還有什麼地方比警察家更安全的？」

「好啊，你們隨時都可以來看它。」施義偉大方的說。

「現在這把刀有巫術，也不是那麼容易被偷走的。」夔龍說。

「所以智梟跟你會在這把刀上，還是會在雙羊玉裡？」希洋好奇的問。

「我們倆的巫法結合，等於巫比的力量再現，現在我們不會被拘束在哪個古物中。不過這兩樣物品還是要好好收著，如果被破壞，我們的力量也會消失。」夔龍說：「不過不用擔心，就像我剛才說的，一般人的力量也不足以破壞任何一個。」

希洋放心的點點頭，「那你們有任何進展，一定要跟我聯絡喔。」

19 海蛇媽媽

第二天，希洋的爸爸正浩帶著他們倆一起潛水。侑銘拿到證照一陣子了，他運動神經很好，四肢協調，連進階的證照也很快就拿到。跟希洋一起在海裡潛水是他現在最大的樂趣。

「今天帶你們去看海扇，那一區的珊瑚礁岩很漂亮。」正浩說。

希洋知道這個區域，爸爸說，當初跟媽媽就是在那認識的。爸爸說，他潛水到那裡時，媽媽當時在自由潛水，自由潛水就是不靠水肺、潛水面罩，直接閉氣下水。他當時非常驚訝媽媽的閉氣能力這麼強，居然可以下潛到這麼深的地方，他忍不住停下來看她，發現她正在撿拾一些沉到海底的垃圾，他也上前幫忙，媽媽看到也對他豎起一根大拇指。

「她那時給我一個微笑，那是世上我見過最迷人最美的微笑。」爸爸每次回憶到這段都這麼說。

「結果幾個海膽不知道從哪出現，我趕快推開妳媽媽，我的小腿因此不小心被海膽刺到，痛到不行。妳媽媽很緊張，趕快陪我上岸，還送我到醫院，確定我沒事才離開。」正浩回憶的說。

「然後呢？」侑銘問。

「之後我們就交往、結婚啦。小月後來教我很多自由潛水的技巧，可是我怎麼也及不上她，沒看過在水裡這麼自在的人。希洋跟她媽媽很像，也是很能憋氣的人。」

「而且也喜歡撿垃圾。」侑銘說。兩人大笑。

三人談笑間，已經穿好裝備，手提著蛙鞋、面罩，走向礁岩，來到下水點。

今天的浪不大，海水輕拍著岩岸，溫度舒適，是個非常好的潛水日。希洋跟侑銘熟練的穿上蛙鞋，在面罩上吐口水防起霧，戴上呼吸器，確認一切妥當後，互相比個手勢，然後三人跳入海中。

爸爸在前面帶路，侑銘在中間，希洋來過這裡許多次，對附近比較熟悉，所以爸爸讓她殿後押隊。

海中的熱帶魚群輕巧的游著，繽紛的色彩在眼前閃動，即使來過數次，希洋還是每次來每次感動。

他們游過一處珊瑚礁，從右方的岩壁鑽去，這裡有一道峽谷般的地形，爸爸在峽谷的入口停了下來，一個大海扇出現在他們的眼前。

這個海扇橫長在岩壁上，果然像一把扁平的圓形大扇子，直徑大約有兩公尺寬，錯綜交叉的枝條像一棵大樹一樣生意盎然，尊貴無比的傲立著。希洋看著侑銘驚訝敬畏的眼神，她就知道侑銘也會喜歡。

這附近就是爸媽相遇的地方。想到媽媽，希洋忍不住升起一股懷念之情。三年前媽媽過世後，她沒有一天不想念她。

前方的爸爸稍做停留後，再度領著他們往前游。希洋還是押後，這時候，她忽然感覺腳踝有東西頂她，她轉頭看，是一條海蛇。

那是青環海蛇，這種海蛇很常見，有點像雨傘節，一節一節黑藍相間，有毒性，可是不會主動攻擊人。希洋喜歡看牠們在水中S形游動的方式，牠們生性害羞，會跟人保持距離，一下子就閃走了。

可是這次，這條長長的海蛇居然過來碰她，希洋嚇了一跳，怕被蛇咬到，這蛇的毒性非常強的。她趕快向一旁游開。沒想到海蛇又游向她，接著在她的面前膨脹起來，變成一團淡藍光，之後，蛇的身形消失，眼前出現一個人形。

媽媽！希洋睜大眼睛，不敢相信。在她眼前漂浮的，是一個女人，就是她朝思暮想的媽媽！

「是的，是我。我的希洋長大了。」媽媽的聲音傳來，跟記憶中一樣，充滿活力，有著輕快的尾音。

媽媽怎麼能在水裡說話，等等，媽媽已經過世了，難道這是氮醉現象？所謂氮醉，是指在潛水時，潛入水裡的深度越深，壓力就會增加，氣體溶入血液的量也會跟著增加，因此氮氣在體內的量就變多。當潛水超過約三十公尺的深度時，氮的量累積到某個限度，根據各人的體質，會產生氮醉現象，此時人會有類似喝醉的感覺，可能是情緒高亢、放鬆，或是有幻聽、幻覺出現。

可是她來過這個海扇區很多次，知道這裡大約十六公尺深，絕對還不到造成氮醉的深度啊！她嘴不能語，可是心裡納悶的想著。

「希洋，妳這不是氮醉現象，我可以聽到妳的想法，先不要怕，我等下解釋給妳聽。」媽媽柔聲的說：「現在，我要先抱抱妳。」

媽媽游了過來，手在水中一揚，希洋感覺到全身一輕，居然所有的潛水裝備都消失了，只剩下她穿在潛水溼衣下的泳裝。她正驚訝沒有氣瓶沒有ＢＣＤ，要怎麼呼吸時，媽媽的雙頰鼓動，從嘴裡吹出一個氣球，這個氣球在水中飄了過來，碰到希洋的身體，馬上包覆她全身肌膚，在她全身形成氣體薄膜。希洋驚訝的發現她可以自在的呼吸，而且也不覺得冷。

媽媽游向她，伸出雙臂；希洋熱淚盈眶，也迎向她，伸出手，兩人緊密相貼。媽媽的擁抱是她最難忘的記憶，她每一吋肌膚的力量、溫度、氣味，都是那麼熟悉，希洋真不想放手。

「媽媽，我好想妳啊！」她在腦中跟媽媽說話。

「我也好想妳，還有妳哥哥、妳爸爸。」媽媽輕聲的說。

「媽媽，妳為什麼會在這裡？」希洋忍不住問。

「我一直都在這裡的，我是長生石的守護者，我的任務是保護這個長生石，不讓這個力量被壞心的人拿走。跟我來。」媽媽說完，往海扇游去。

「可是爸爸跟侑銘……」希洋問。

「不用擔心，妳等下就會趕上的。」媽媽微笑的說。希洋不是很懂，不過媽媽的話語讓她安心，給她信任，而且她太想知道媽媽的祕密了。

希洋跟著爸爸潛水無數次了，想不到她有一天也可以跟媽媽潛水，這感覺太美好、太奇妙，又太不可思議了。

媽媽游到海扇旁邊，在距離海扇底部一公尺遠的礁岩上，媽媽用手輕觸一個白色的圓形岩石。

只見這塊石頭散出一圈白光，白光籠罩著兩人。希洋發現自己身體沒動，但是已經來到另一個地方。這裡是一處空曠的海底，四周的水特別的清澈，是帶著青的藍色，隨著水波的晃動，可以看到七彩的光影忽隱忽現；海底一層細細的白沙，四周魚群圍繞，自由游動，希洋從沒見過這樣的景色。

在這片約足球場大的沙地正中央，有一顆半圓形凸起的東西，直徑有五十公分，全部透明，像是被切一半的水晶球。

「這就是長生石。」媽媽指著眼前的水晶半球。

她帶著希洋游過去，希洋發現，另外還有三條青環海蛇徘徊在長生石附近。

「媽媽，我剛看到妳時，妳也是一條海蛇，妳其實是修煉成人的蛇精嗎？」

希洋想到白蛇傳的故事，感覺這才能解釋媽媽的情況。

「不是，」媽媽笑笑，「我是人，幻化成海蛇的人。」

「媽媽，這到底怎麼回事？」希洋看著這一切，非常不解。

媽媽看著其他三條海蛇，海蛇們游向希洋，然後像剛剛那樣，三條海蛇變成人形，而讓希洋驚訝得嘴巴合不攏的是，這三個人跟媽媽長得一樣。像是另外三個媽媽在她面前。

「她……她……們……」希洋轉頭看著媽媽。

「她們是我的姊妹，我們是同一天出生的四胞胎。」媽媽解釋。希洋再轉頭看她們，這些女子乍看的確跟媽媽一模一樣，但還是有些微的差別，有的瘦一點，有的胖一點，有的臉長些，有的眼睛圓一些。

她們對著希洋微微一笑。

「終於見到妳了。」

「我們是妳的阿姨！」

「妳媽媽常常告訴我們妳跟妳哥哥的事喔。」

阿姨們熱情跟她打招呼，希洋覺得好溫暖，想不到她居然有三位沒見過面卻又長相熟悉的阿姨。

「我們不占用妳跟媽媽的時間了，妳們好好聊一聊吧。」阿姨們親切微笑的說。

她們轉過身，再度變回海蛇，回到透明石頭的附近。

「我們出生在商朝，出生之後沒有多久，村人對於同樣長相的四胞胎女嬰感到非常好奇，甚至還有人去通報大商王。王就派人來，把我們四姊妹都帶回宮裡了。他們覺得我們四人長得一模一樣，認為我們帶有靈氣，所以教導我們祭祀、占卜，還有巫法，讓我們成為當時頂尖的巫師。」

媽媽講到這，讓希洋想到六隻靈羊，還有巫比的故事。

「是的，我知道六隻靈羊的事。」媽媽看著希洋，「我們還參與了儀式，我們每個人手捧著一尊靈羊的鮮血，倒入吉金溶液中，再由大巫奎作法完成兩件酒尊，並同時將羊的魂魄鎮鎖在酒尊中。」

「那個大巫奎是壞人耶！妳們怎麼幫他做事?!」希洋氣憤的說。

「大巫奎把我們四人撫養長大，他教我們讀書識字，教我們祭祀巫術，當時我們只有八歲，不知道這些羊哪裡來的，只知道要遵守他的命令做事。」媽媽帶著悲傷的語氣說。

「後來大巫奎年歲已高，他一直在找讓他不死的方法。有一天，他聽說南方出現一顆長生石，當時他身邊就屬我們姊妹四人的巫術最強，所以帶了我們四姊妹去幫他找長生石。

「除了我們四人，他還帶著他新養的靈獸，一條黑色的毒蛇。我們五人一蛇，一直往南走，來到濱海之地。大巫奎可以感應到長生石就在海底某處，他有著當時最強的巫術，可是不管什麼樣的巫術都有弱點，大巫奎的也是。他的肉身碰不得水，不然巫術會消失，這個祕密只有我們姊妹四人知道。

「因為他下不得海水，所以他想到一個方式，他叫黑蛇來咬我們，從後腦勺下口，一陣劇痛，我們當場昏了過去。等醒來時，我們發現我們變成了海蛇，原來他用巫術加上黑蛇的毒液，讓我們失去了人形。『妳們下海去找那塊長生石，等找到後，我就替妳們解毒，讓妳們變回人形。』大巫奎說。

「我們四人非常害怕，不得已，只好下去海裡。我們在海裡不知道游了多久，來到一處礁岩，看到了這顆水晶半球。當時我們雖然中黑蛇毒，但是我們的巫術還在，馬上感應到，這個就是我們找了好幾年的長生石。我們四人又興奮又害怕，想不到真的找到了！終於完成大巫奎給我們的任務了。可是這幾年的相處，我們知道，大巫奎是個自私自利又殘忍暴戾的人，如果讓他找到長生石，不知道還會有多少人受害；而且雖然我們姊妹幫他找到長生石，他一定不會分享，不僅這樣，我們四人也一定不會有好下場的。四條海蛇圍繞著水晶石轉，大家口不能言，但是我們四姊妹一向連心，都是一般心思。

「此時，水晶石忽然閃出七彩光芒，光芒在水中流轉，我們同時也看到水晶半球出現影像。影像出現我們的父母，他們輪流抱著我們，雖然很辛苦卻充滿慈愛。然後影像出現大巫奎領著大商王的親戚來到家裡，他們逼迫父母把我們交出去，他們不肯，結果就被殺害，之後強帶我們回王宮。影像又出現大巫奎如何聽到六隻羊的事蹟，讓親戚們去硬抓靈羊，鎖住牠們的魂魄在酒尊裡。

「之後，這個長生石用它的力量告訴我們，它的存在是給世界上萬物平等的生命，如果大巫奎貪心拿走全部的力量，得到永生，他的惡念對其他的生命將會是很大的浩劫。所以它請求我們，不要把它交出去給大巫奎。我們也告訴它，這不是我們想要的，但是大巫奎對我們施了巫法，下了毒，如果我們不聽話，不僅不能變回人形，而且還會死。

「長生石就跟我們做一個交易，它願意保我們長生不死，但是我們要保證當它的守護者，它並不想要再度被人找到。我們可以隨時變成人或海蛇，但是如果我們想要變回人形，想在岸上生活如一般人，我們就得輪流，一次只能一個人上岸，而且只能有二十年的人界壽命。我們四人沒考慮太久，決定答應它的請求。首先，為了不讓大巫奎另外找人來這區域，我們四人使用巫術，重新放置長生石的地點，也就是妳現在看到的這個海底沙地。這個祕密地點不在當今的任何一幅地圖上面，只能透過那個海扇旁的白石。我們也在白石施了巫法，我們四人其中一人觸摸白石的話，這上面的巫術可以轉換空間，帶我們到這裡來。

「就這樣，我們在這片隱密的海底成了長生石的守護者，也跟海裡的生物成了好朋友。二十三年前，輪到我可以上岸，當時我遇到你爸爸，我出現在海扇附近已經好幾天了，只有妳爸爸願意留下來幫我清除垃圾。為了可以跟他上岸後持續交往，我安排了我的海膽朋友去刺他幾下，我好藉機跟他上岸。」

媽媽說到這，露出頑皮的笑容。

「爸爸每次都說是他英雄救美才會被刺到呢！哈哈！」希洋也忍不住大笑，說到這裡，她忍不住問：「那爸爸不知道妳的身分囉？這應該是個大祕密啊，為什麼今天讓我知道？」

「因為妳是任務傳承人。」媽媽的表情變得嚴肅。「有一天長生石顯示了影像，在我們離開殷城後，有個女孩帶著兩隻羊去找另一位巫師——巫比。這兩隻羊，就是大巫奎殺了的四隻靈羊的兄弟。大巫奎當初鎖住四隻靈羊的魂魄時，同時鎖住牠們的怨氣，打算讓牠們醞釀幾千年的黑暗力量，之後可以跟他自己的力量結合。巫比無法遏止他的計畫，但是他用巫法刻了雙羊玉，讓這兩隻靈羊的魂魄附著在裡面，要在數千年後，用兩隻靈羊的善念來引領四隻靈羊的怨念。

「沒想到，雙羊玉被人分開了，其中一塊還在海裡沉浮，最近被洋流沖到大海扇附近，我跟其他姊妹試著去拿它，卻都不成功，不管是用蛇形，還是恢復人形，只要我們一靠近就會全身痛苦難當。長生石告訴我們，我們曾經親手將其他四隻靈羊的鮮血倒入吉金溶液中，我們當時的巫術充滿惡念，跟這雙羊玉的性質完全相反，所以我們才靠近不了它。但是這塊玉需要跟另一半的玉盡快結合，才能阻止四隻靈羊的魂魄相逢後散發怨念，不然就會喚起大巫奎的黑暗力量。那年輪到我可以上岸，長生石告訴我，如果我可以有女兒，她就能傳承這個任務。我先有了妳哥哥，三年後，終於生了妳。我知道，妳將會是找到玉石，讓雙羊結合的人。」

「是的！媽媽，我做到了。」希洋好激動，原來這一切的發生都是有原因的，她也把認識侑銘和找到青銅小刀的事情對媽媽說。

「原來巫比深謀遠慮，還留下了智梟跟夔龍來幫忙。」媽媽點點頭，語氣帶著敬意。

「可是牠們也還沒有找到大巫奎的蹤跡。長生石知道大巫奎在哪嗎？」希洋問。

「這次我在妳面前現身，就是要帶妳親自來看的。」媽媽說。她領著希洋來到長生石上方，希洋低頭看。

只見本來透明的長生石射出七彩光芒，像是細彩帶一般，在水中浮動。同時，長生石上也顯露影像。

一條黑蛇在草叢中竄動，然後來到一個穿著古裝衣服的男子的腳下，這男子高大，面目陰森，看不出年紀，眼神看起來充滿歲月的刻痕，可是身軀強健有力，沒有老態。

媽媽此時跟希洋說，他就是大巫奎。

大巫奎親手治煉吉金溶液，嘴裡喃喃念著巫咒，同時手一揮動，黑蛇乖巧的爬到他的肩上。大巫奎一手輕撫著黑蛇，一手捏開牠的嘴，蛇的上顎有兩根長長的尖牙，大巫奎用力一擠，擠出半杯的毒液。同時，他從懷裡拿出小刀，在蛇喉下輕輕一劃，蛇血流出，大巫奎把蛇血注滿剩下的半杯，他揮揮手，讓黑蛇下去休息靜養，他則將蛇毒液跟蛇血的混合液，一起倒入吉金溶液。他再度舉起小刀，這次他刀尖對著手掌心，用力一刺，然後把手伸向滾燙的吉金溶液上方，掌心朝下，讓血一滴一滴的滴入沸騰的鼎中。過了一會兒，他點點頭，再度念巫咒，把調好的溶液澆注在不同陶範裡，剩下的工作他交給其他巫師完成。

影像一轉，大巫奎在一個房間裡，滿意的看著眼前的吉金大尊。希洋看著那件尊，大約有四十公分高，通體閃著金光，有四個面，每一面都滿滿的鑄刻獸面紋。整個尊分為三大部分，最下面的部分像個方形瓶，底寬，上縮，略有斜度。中體像是一個雕刻精緻的方形盒子，上端的四周連接上體，這部分下部窄，然後向上、向外延伸，形成一個大的方形開口。中體跟上體的連接處也有精緻複雜的雕刻，最引人注目的就是四個角落上各有一條昂首蛇，每一條蛇都張開大嘴，露出尖銳的牙齒。大巫奎手撫著蛇身，非常滿意。

影像再轉換，大巫奎已經身死，大商王替他舉辦盛大的儀式，吉金方尊也跟著他埋入墓室中。

不同的影像持續出現，有人挖出墓穴，找到裡面的陪葬品，這件方尊被人賣掉、收買，又收藏，也經歷戰爭、搶奪與偷竊，輾轉換了無數主人。

最後的影像出現在一個現代化的豪華客廳中，一名漂亮的女子拿著一個大盒子，她小心打開，裡面就是這件方尊，此時方尊已經沒有金黃燦爛的光芒，只剩青銅斑爛的歲月痕跡。她滿臉欣喜。一個男子也入了影像，溫柔愛憐的摟著女子。

希洋看到男子，忍不住驚呼，那就是周先生，夔龍附身的那把小刀的上一位主人。影像中的周先生看起來年輕多了，約四十多歲，他身旁的這個女子不是周太太，希洋可以感覺到這位是他外面的情人。

影像到這裡結束。

「這是我們在五十年前看到的。」媽媽說：「之後，長生石就再也沒有這方尊的具體影像跟所在地點。我們四人輪流上岸去生活，去尋找，可是都沒有下落。最近我們可以感受到大巫奎的力量甦醒了，他的目標就是長生石，所以我們四人全都回到這裡，緊緊的守護著長生石。」

希洋點點頭，終於了解整個脈絡。

「妳找到玉石，讓雙羊結合，阻止了四隻靈羊的怨念形成巨大的黑暗力量，但是大巫奎沒有放棄，他一定會來找長生石的。妳的任務就是要找出這件方尊，我們四人會在這守護長生石。」

「我知道影像最後那個男人是誰，他十五年前已經死了，不過我認識他的太太，說不定她可以幫我們。」希洋抱著希望說。

「太好了，至少現在有點線索。」媽媽露出期望的表情。

「我找到方尊的話怎麼辦？要打壞它嗎？」希洋問。

「不是，方尊只是他依附的物品，就算把實體打壞也沒用，最主要的是他的邪惡巫法跟他的貪念要受到控制才行。巫比的靈獸——智梟與夔龍，應該有足夠的法力對抗他。」媽媽又說：「好了，妳差不多該回去了。」

希洋這才想到，她來到這裡已經一段時間了。

「不用擔心，這裡的時間、空間跟人世間不一樣，妳沒事的。」媽媽說，同時對著其他三條海蛇招手，三條海蛇游了過來，再度變成人形出現在希洋面前。

「希洋要回去了，」媽媽說：「我想，或許我們可以給她一些紀念品。」

三位阿姨馬上領會媽媽的意思，各自在身上一拂，她們手上各自出現一個扁扁圓圓的東西。

「這是我們身上的鱗片，妳拿著。」媽媽說。

希洋張開手掌，媽媽跟阿姨們各把一片鱗片放在她手上。

「每一片鱗片可以幫妳度過一個難關，可能不會馬上完成妳的願望，但是會幫助妳。」媽媽慈愛的說。

「謝謝。我要怎麼使用這些鱗片？」希洋問。

「只要妳把它們放在胸口，想著妳的願望，上面的巫法會幫妳的。」媽媽回答。

「謝謝媽媽，謝謝阿姨。」希洋感激的說。

「好了，我送妳回去吧。」媽媽說，語氣中有著濃濃的依依不捨。

「媽……」希洋用力的衝上去，抱著媽媽，媽媽輕輕撫著她的背。

「媽，我回去後，可以告訴爸爸和哥哥妳的事嗎？」希洋問。

「暫時不要好了。我必須全心跟阿姨們守護長生石，暫時不適合跟他們相認，否則不小心，引起大巫奎的注意，那會非常不妙。」媽媽說。

「那我的朋友侑銘呢？他跟我一起經歷雙羊玉事件，也是他幫忙找到巫比的刀子，讓智梟跟夔龍的力量結合。」

媽媽想了想，「妳決定好了，感覺他可以信任，是個穩重而且可以幫妳忙的人。」

「謝謝媽媽，請放心，這裡的事除了侑銘，我不會對其他人說起的。這是我們的祕密。」希洋說，心裡又歡喜又感傷。

「妳自己多小心。」媽媽愛憐的看著希洋。

她牽起希洋的手，之前的那圈白光圍繞著希洋，一眨眼，希洋再度置身在海扇旁邊。

她全身的裝備都在，嘴裡咬著呼吸器，背上背著鋼瓶，身上穿著潛水溼衣，她在海中漂浮，前面還可以看到侑銘的身影。剛剛真的不是氮醉現象嗎？她打開手心，要不是媽媽跟阿姨們的鱗片還握在手上，她真的會以為剛才的一切是幻影。

她趕快把鱗片放進BCD旁的口袋收好，順便加進一些氣體，趕上爸爸跟侑銘。

20 往事

一回到家，希洋就迫不及待的把鱗片拿出來給侑銘看，同時也把智梟和夔龍叫喚出來。

「這是什麼？」侑銘看著希洋手掌心上四個大約手指甲大小、圓圓扁扁的白色東西，好奇的問。

智梟和夔龍也好奇的看著。

「這是我媽媽跟我阿姨身上的鱗片。」希洋說。她眉飛色舞的把看到媽媽跟長生石的經過說給他聽。

「這……這……太超乎想像了。」侑銘目瞪口呆，「我一點都沒察覺妳離開過呢！」

「無縫接軌。」希洋得意的說：「原來我媽媽是巫師，我是巫師的女兒。」

「想不到真的有長生石。」夔龍沉吟著。

希洋用力點頭，「而且我還親眼看到。我媽媽就是守護者之一。」

「難怪妳會遇到這些事。」智梟瞪大眼睛說，儘管牠的眼睛本來就很大。

「妳雖然沒有傳承妳母親的巫術，可是妳傳承了任務。」夔龍說。

「對啊，現在你們不能不讓我幫忙了。」希洋有點得意的說。

「應該是說，我們要幫你完成這件事。」夔龍語氣嚴肅的說。

智梟則是轉著眼睛，有種無奈接受事實的樣子。

「厲害！」侑銘看著希洋，帶著羨慕的眼光。

「我們要趕快去找那件方尊。」希洋說。

「所以妳看到方尊在那個小老婆家裡？妳媽媽說那是五十年前的事，周先生拿到小刀是十五年前的事，想不到這兩件分屬大巫奎、巫比兩位巫師的青銅器，居然一前一後進入周家。不過兩人有數千年仇恨，這樣錯開也許是天意。」侑銘說。

「只是，我們要去哪找那個小老婆？周先生也過世了。」希洋問。

「目前我們只認識周太太，可以去問她。」侑銘說。

「不好吧，萬一她當年不知道先生外遇呢？我們直接去問她，不是讓人家難堪嗎？」希洋皺著眉頭。

「我聽說很多有錢人外遇，老婆都睜一隻眼閉一隻眼，不會想離婚，說不定她早就知道了。就算她不知道，周先生在拍賣會場買了這麼大一件青銅方尊，她一定知道這件事。我們可以先探探口風，不需要一下子就點名要找那位小老婆啊。」侑銘分析。

「你們覺得呢？」希洋問智梟跟夔龍。

「我覺得侑銘的意見不錯。」夔龍跟智梟都同意。

希洋想不出更好的辦法，也只好同意。

他們告訴施義偉，他們想親自跟周太太當面道謝，施義偉轉達了他們的意思，周太太同意了。

兩人二度來到周太太的客廳，施義偉還買了一束花托他們帶來，周太太看到花非常的開心。

「施先生記憶真好，記得我喜歡百合花。好香啊！」周太太馬上把花放進花瓶中，滿臉笑容。

「爸爸希望我們幫他跟妳說謝謝，妳幫他破案了，我跟爸爸也團圓了。」侑銘說。

「我們也要謝謝妳贈送的青銅刀，實在好特別啊，我們都好喜歡。」希洋開心的說。

「你們喜歡啊？呵呵，那就好。本來想說，你們年輕人可能不會在意這種老東西。」周太太有鬆一口氣的樣子。

「這是歷史骨董呢！這麼值錢的東西，我們一定好好珍藏。」侑銘保證的語氣讓周太太放心。

「喜歡就好。東西的價值啊，都是人定出來的，多少錢只是一個數字罷了，留在會珍惜的人手裡，才是重點。」周太太說。

「周先生當時很喜歡收集古物，妳也喜歡嗎？」侑銘問。

「呵呵，其實我先生會開始懂古物，也是我引進門的。我們剛認識的時候，我是一家大型拍賣公司的負責人，當時他雖然是有錢家族的少爺，但是對骨董認識不深，不過在我的介紹下，他開始著迷，後來也大量收藏，家裡有一個大房間，都是他的收藏品呢。」周太太說。

「如果可以看到他全部的收藏，一定很精采。」希洋滿臉嚮往的說。

「他曾經說，他死後要開一間私人博物館，把全部收藏品放在一起展覽給大家看，可惜目前孩子們都沒心往這方面經營。」周太太口氣有點遺憾。

「所以他目前的收藏都是妳在處理嗎？」侑銘問。

希洋看他一眼，知道他正慢慢朝著問題的核心問話，她忽然覺得侑銘跟他的爸爸很像，理性、有條理，問話不會咄咄逼人，而是讓人信服願意說話。她剛認識他時的那種不安焦躁已經慢慢蛻去了。

「是啊，還好孩子們不管，不然他們一定不會同意我把那把刀給你們。」周太太微笑的說。

「那……我畫了一個青銅器，妳可不可以幫我看看，這個青銅器是不是原來也屬於周先生？」侑銘說。

周太太好奇的看著他拿出一張素描。

那是侑銘根據希洋的口述畫出來的方尊，希洋依照她在長生石看到的印象描述給侑銘聽。希洋的描述不是很具體，說實在，這種造型的東西現代沒有，很難比喻。後來侑銘想到一個方法，他上網找了一堆青銅方尊的照片，讓希洋看哪個最接近，希洋選了台北故宮的〈亞醜方尊〉，這個方尊真的跟她在長生石裡看到的非常像，只是〈亞醜方尊〉上有四隻大象的立體頭雕，大巫奎的方尊則是有四條昂首的蛇。

侑銘把素描拿給周太太看，希洋仔細看著周太太臉上的表情。

周太太臉色暗了下來，剛才的笑容慢慢隱去。她的沉默，讓希洋的心也跟著暗淡。

「妳看過這件四蛇方尊嗎？」侑銘問。

「我先生以前的確擁有這件四蛇方尊。」周太太收回了神，「不過現在不在我手上。」

「妳知道在哪裡嗎?」希洋看周太太沒有太過傷心的樣子，忍不住問。

「你們怎麼知道這件四蛇方尊?為什麼問這個?」周太太看著他們好奇的問，語氣中倒是沒有抗拒的感覺。

「我們在查一件關於青銅器的案子，我爸爸要我問問看。」侑銘帶點神祕的語氣說。希洋偷偷瞪他一眼。

「原來如此。」還好周太太沒再追問下去，可能覺得這關係到辦案的機密。侑銘回了希洋一眼，有點得意的樣子。

「妳對這件四蛇方尊知道多少?」侑銘再度問，語氣故意講得像在辦案的樣子。

周太太輕輕嘆了一口氣，「我先生年輕時荒唐，在外面養女人，他表現闊氣，出手大方，就把方尊給了她當生日禮物。」

這件事，希洋跟侑銘都可以猜到八九，果然跟長生石展現的影像一樣，所以他們並不吃驚。

「當時妳一定很生氣。」希洋同情的說。

周太太沒有搖頭或點頭，不過她沉默陰暗的表情說明了一切。

過了好一會兒，她才開口：

「當時，有人同情我，更多人是看笑話，講一些什麼『有錢人家的飯碗果然難捧』，或是『有錢的老公外遇天經地義，妳自己看開點』，『啊妳上輩子就是欠他』之類的話，我當時想，這輩子遇到這件事，我已經夠低潮難受了，居然有人要我去接受我上輩子還欠這個人？不可能的！

「我花了兩個星期，冷靜的想了想，這兩星期有十輩子那麼久。後來我決定這麼做。我跟我先生說，我知道他一時糊塗，可以原諒他，如果他肯回到我們的家庭，不再見那個女人，我可以既往不咎，但是要保證不相往來，沒有牽連。不然的話，我不是會忍氣吞聲、默默接受小老婆的人。我的能力可以讓他的醜聞在骨董界散播，在商界傳開，在家族曝光。他的家族很重傳統，很重面子，重名聲，他會因此失去繼承家族企業的棒子。

「他不笨，他知道他要的是名聲，是財富，還有收集骨董所代表的身分地位。相比之下，小情小愛對他來說就不重要了。所以他馬上對我懺悔，保證不會再犯。我知道他愛面子，不會去低聲下氣把四蛇方尊要回來，所以我也大方的跟他說，方尊可以給那個女人，當作是精神賠償，只要她簽下切結書，不會來跟你糾纏不停。」

「她真的就不再跟你先生來往了嗎？」希洋問。

「我讓律師去跟她談，她拿到骨董願意放手，看來也不是真心愛我先生的女人。」周太太的聲音充滿鄙視。

希洋聽完覺得這周太太不是想像中的軟弱無能，她用周先生的弱點逼他放棄外面的女人。周先生也不是真情的人，他的決定也只是跟自身的利益有關。雖然外遇是錯誤的，但是夫妻兩人的交易跟家庭、感情無關，只是想著自己的需要。她再想到周先生被殺時，周太太沒有馬上報警救治，隱藏真相十五年，之前覺得她為家族的名聲壓抑自己，忍辱負重，現在看來，那其實就是她的價值觀，她的行事準則完全是根據她的利益、她的面子來判斷的。

「所以現在四蛇方尊在那個女人手裡？」侑銘用不帶評論的語氣繼續追問。

「應該是，這東西我再也沒在拍賣場看過，除非她私下變賣或送人了。」周太太說。

「妳有她的聯絡方式嗎？」侑銘再問。

「到底是什麼樣的案件？又有人死了嗎？」周太太忍不住問。

「可能比妳說的還要嚴重。」侑銘嚴肅的說。希洋想，這倒是真的。

周太太看他還是不鬆口，不再追問。她站起來，走進房間，出來時，手上拿著一本老舊的記事本。

她翻到其中一頁，指著一個名字，盧清美。「這裡，電話住址都在，不過這是五十年前的資料。」

希洋趕快用手機記事本寫下來。她感覺他們離方尊更近一步了。

平常可能很少有人拜訪周太太，她對兩人的拜訪還是很開心，他們跟周太太又多聊了一會兒才離開。

21 黑蛇

他們打了電話過去，結果是空號，他們不驚訝，畢竟已經五十年過去了。

「現在怎麼辦？」希洋問。

「我可以請我爸去調查，看這位盧清美現在住哪，電話是什麼。」侑銘說。

「你爸爸工作那麼忙，找人也要花很多時間。我想說，我們直接去這個住址找她。而且這個住址在這裡的南邊，跟夔龍講的方向一樣。」希洋建議。

侑銘可以看出她迫不及待的樣子。

「是可以，不過要怎麼說呢？她又不認識我們，怎麼會隨意讓我們見她的四蛇方尊？可能根本就不會讓我們進去啊！」

侑銘的話有道理，希洋想了想，把智梟跟夔龍一起喚出來。「我想問你們，如果我們靠近方尊，就算不是跟方尊面對面，你們也可以感受到大巫奎的力量，同時制伏他嗎？」

「呼呼，」智梟拍拍翅膀，「沒問題的！巫術的力量雖然不受距離的限制，但是感應的力量有差別。我們跟方尊越是靠近，越是能準確的找到他，要制伏他也比較容易。」

「不過，」夔龍沉吟，「我們可以感應到他的距離，同樣他也可以感應到我們。他可能會逃跑，也可能會先發動攻擊；而且，事情經過三千年，他的巫術有多大，我們無法預知。是不是真的能快速制伏他，我沒有那麼樂觀。」

希洋可以感覺到夔龍跟智梟個性的差別，智梟比較自信無畏，直接型的；夔龍是思考再三，沉穩老練型的。

「還是我跟希洋先去探探，看方尊是不是還在那個地方？不要打草驚蛇？」侑銘問。

夔龍想了一下，「我們還是一起去好了，我跟智梟保護你們比較妥當。」

「對啊，我們比較能感應到大巫奎的巫術到底是不是在那裡。」智梟說。

第二天星期六，他們一早準備好，帶上雙羊玉，轉了兩趟公車，走了一大段路，來到一個社區。這天天氣晴朗，陽光普照，兩人走得滿身大汗。

這裡都是三層樓高的透天房子，一棟連著一棟，看起來老舊。有些人家前面的院子栽種一些盆栽花木，看起來還有點生氣，不過大部分房子的外牆都剝落髒污了。

就在他們對照著路名、門牌號碼時，智梟的聲音傳來，「呼！我感應到了，在街尾那邊。」

他們還來不及對照住址，只聽到「轟」的一聲巨響，街尾冒出黑煙。

「快！」他們往前奔去，黑煙冒出的速度很快，馬上變成像一朵黑雲，籠罩在房子四周。

他們來到屋子前面，從二樓的窗戶可以看到屋內的火舌，還有濃濃的黑煙冒出。

侑銘拿出手機要打一一九，可是手機莫名其妙的無法開機。

「怎麼會這樣？」希洋拿出手機，也完全無法使用。

「失火了！失火了！快報警啊！」附近的幾位鄰居出來看發生什麼事，侑銘趕快喊著。

其中一位阿伯衝了過來，對著他們喊：「少年仔，你們的手機可以用嗎？我們都不行耶！」

「哎呦，見鬼喔，家裡電話也打不通！」另一位大嬸從她家裡跑出來，也是猛搖頭。

侑銘、希洋對望一眼，看來對外的聯繫被一種特殊的力量控制住了，一定就是大巫奎。

「我去鎮上的消防局！」一名男子熱心的跨上腳踏車飛奔而去。

這時，智梟跟夔龍也現身在希洋的面前，「我們可以感應到大巫奎，我們去會他！」

「小心！」希洋、侑銘同聲說。

一鳥一龍，飛進濃濃的黑煙中。

只見整個屋頂上濃濃的黑煙爆開，煙氣夾著熱氣，迅速四散，刺鼻的煙氣帶著腐臭味，鑽進大家的鼻子裡。整個社區都被黑煙包圍，遮蔽了陽光，四周一片昏暗。

「這煙好嗆！」

「臭死了！」

「快進屋，外面空氣太糟了。」

「咳！咳！」

本來圍觀的鄰居，躲的躲，回家的回家，一下子，整個社區只剩下希洋跟侑銘兩人還站在燃燒的屋子前。

他們用袖子遮著口鼻，努力忍耐著。智梟跟夔龍飛向屋頂上最濃的黑煙中心，只見黑漆如墨的煙在空中翻滾，居然變成四條巨大的黑蛇。

四條大黑蛇在空中靈巧的穿梭，然後衝向智梟跟夔龍。智梟發出一聲長嘯，一圈金黃光芒圍繞著牠；夔龍的卷尾一掃，一圈金橘光圍繞著牠，橘、黃兩道光芒跟著四條黑蛇激烈交戰起來。

希洋跟侑銘看得目瞪口呆，這些商朝古物，現在居然有了形體，而且還打了起來，古老的巫術真的出現在他們面前。

四條黑蛇團團繞著智梟跟夔龍，好幾度黃色、橘色的光芒消失在黑煙中，過一會兒又殺出重圍，把黑蛇狀的濃煙燒出幾個大洞。雙方一來一往，交戰激烈。

這時候，三樓的陽台出現一個身影。

「救命啊！」一名年輕女子喊著，她頭髮散亂，驚慌失措，手中還抱著一個看起來像布偶的東西。

「怎麼救護車、消防車都還沒來啊！」侑銘焦急的抱怨。

「我們要上去救她啊！」希洋一副要衝進屋裡的樣子。

「火勢這麼大，我們進去也只是送死。智梟跟夔龍會制伏大巫奎的！」侑銘目不轉睛的盯著屋頂上濃濃的黑煙。

火舌現在也從三樓竄出來了，女子緊緊抱住布偶，甚至用身體護著，火舌越來越猛，已經開始爬上她的背了。

「怎麼辦！誰去救她啊！」希洋焦急的大喊。

忽然，她想到媽媽跟阿姨們給她的巫術鱗片。媽媽說，這些鱗片可以幫她度過難關。

她從口袋拿出珍藏的鱗片，照著媽媽的指示，拿出一片放在胸口上。

「幫我去救她！」她心裡喊著。

她感到一陣輕飄，腳往下一蹬，身體果然抗拒了地心引力，飄了起來。

「希洋，妳……」侑銘驚訝的看著她。

「我剛剛用了一片巫術鱗片，我可以去救她了。」希洋振奮的說。

侑銘看著她點點頭，快速想了一下，「抓著我的手，我看看妳的力量可以不可以撐住其他的人。」

希洋急著救人，不過他的話有理，她不知道這巫術有多大能耐，如果她只能讓自己飛起來，卻不能把對方帶離陽台，或是從半空中掉下來，那就慘了。

希洋回到地面，握著侑銘的手，然後再度升空，她覺得很自然，三度空間的活動像是在水裡潛水那樣自在。「沒問題，一點都不困難！」

「好，快去救！」侑銘回到地面上時說。

希洋腳下一蹬，再度輕鬆上升。她朝著三樓陽台奔去，女子看到她真的靠近，非常驚訝，不過剛才已經看到希洋跟侑銘的練習，不懂為什麼女孩可以有這能耐，可以邊飛邊帶人，但是命在旦夕，能保命最重要，不是研究原因的時候。

她一手緊緊摟著布偶，一手伸向希洋。

希洋降落在陽台上，這裡溫度非常高，火焰像是猛獸一般，對她襲來。熱氣馬上包圍住她，讓她呼吸困難。

希洋趕快抓住女子的手臂，把她拉出陽台，希洋匆匆看一眼女子，她臉上蓋滿煙灰，但是感覺是個年輕的成年女子。

這時眼前一暗，一條黑蛇煙來到她們面前。

「啊！」女子嚇得尖聲大叫。

希洋扶著女子的手臂，兩人懸浮在空中，黑蛇煙擋住她們的去路，牠左晃右閃，一步一步逼近，想要把她們逼回陽台。

希洋回頭看，只見智梟跟夔龍正和其他三條黑蛇煙纏鬥，牠們也看到這邊的處境，可是分不開身來幫忙。

希洋拉著女子一直閃躲黑蛇煙的進攻，眼看又快要回到陽台了，此時整個陽台都是火焰，她們站上去的話必死無疑。

黑蛇煙面露得意，張開大口，對著她們衝去。希洋一股氣上來，不再後退，空出來的那隻手本能的對牠用力推去，只見一條細細長蛇影出現在眼前。

那是海蛇的蛇影，藍黑相間，也是像黑蛇煙一樣沒有具相的形體，牠從希洋的手中竄出，對著大黑蛇衝去，擋在她們的前面。

大黑蛇非常驚訝，沒想到居然有海蛇出現。地上的侑銘也露出不可置信的表情。

大黑蛇面色猙獰，張開大口，露出尖牙，對著海蛇攻去；海蛇體型小很多，但是蛇身靈動。希洋發現自己可以控制海蛇的行動，她開始有信心，揮動著手，指揮著海蛇對著大黑蛇進攻。

兩蛇一大一小在空中翻滾，大蛇力大，攻擊力強；可是小蛇也不遜色，牠形體小，轉身閃避動作靈巧，每每在危險時刻避開大蛇的攻擊。

「頭頂是牠的弱點！想辦法攻擊牠的頭頂。」智梟用通心術對希洋說。

希洋也注意到，大蛇很有技巧的壓制小蛇，讓小蛇無法搆到頭頂。

希洋想到個法子，她一手控制海蛇，一手拉著女子再度往上騰空快速拔起，她的動作引起黑蛇煙的注意，牠怕她們逃出眼前，很快的抬起頭，也垂直的往上飛。希洋趁機指揮海蛇，繞到牠後面，對著牠的頭頂用力咬下去。

只見一道細細的藍色煙線從黑蛇煙的頭頂竄入，很快的，細線在牠身體織成一片藍色的細網，黑蛇煙不再凶猛，不再追趕希洋她們，牠在空中劇烈翻滾，「噗」的一聲，煙銷灰滅，沒了蹤影。

希洋拉著女子回到地面。她轉頭看智梟與夔龍還在跟其他三條黑蛇煙奮鬥，她再度催動海蛇上去。海蛇不負使命，往屋頂方向游走，可是還沒上升多少，牠也慢慢煙色變淡，然後消失在空中。

「看來鱗片有時效性。」侑銘皺著眉頭說。

希洋小心翼翼的把女子扶到一旁，她似乎受傷很重，希洋讓她斜靠在一個花台邊。

「妳還好嗎？發生什麼事？」侑銘問。

女子似乎很痛苦，非常不舒服，她眼睛半閉半開，並不說話，只是發出痛苦的呻吟。

「妳一個人住嗎？還有人在裡面嗎？」侑銘再問。

女子搖搖頭，又點點頭，似乎神智不是非常清楚，好像隨時都會暈過去，希洋讓她靠著自己。不久，遠處傳來警笛聲，接著警車、救護車、消防車一一到來。

現場一片忙碌，消防人員架起水線，忙著救火。救護人員來到女子身邊，查看她的狀況，然後一台擔架把她送上救護車。

警察過來對希洋跟侑銘做筆錄，問他們認識屋主嗎？為什麼到這裡來？誰救了那位女子等等問題。在知道他們沒有認識任何人的情況下，警察不讓他們跟著救護車去醫院。

「剩下的讓專業醫護人員處理就好了。」一名警察說。

「現在火好像撲滅了，我們可以進去看看嗎？」希洋問，同時又一邊用通心術呼叫智梟跟夔龍，想知道牠們有沒有制伏大巫奎，可是一直沒有回音。

「當然不行，」警察不耐煩的說：「消防人員要進去查辦起火原因，任何人都不可以破壞現場，更何況你們又不是屋主或是親人。你們快回家去。」

他們好像沒有留下來的理由，可是又很想知道那件四蛇方尊怎樣了，正在想怎麼找個理由進去時，終於聽到夔龍傳來的聲音。

「你們先回去，我跟智梟還要在這裡待一會兒，等下再跟你們講發生了什麼事。」

看來只好如此，侑銘跟希洋決定先回家再說。

22 盧清美

他們先去侑銘爸爸的住處，施義偉已經下班了。

「太好了，爸，你在家。我們聽說一個舊的社區起火，你知道這件事嗎？」侑銘急著問。

「我不只聽說了，我還知道你們在現場。到底怎麼一回事？」施義偉銳利的眼神看著他們。看來他的消息挺靈通的。

侑銘把他們在找四蛇方尊的經過告訴爸爸，不過他省略希洋身世的部分。

「那些消防人員有沒有在裡面找到方尊？」希洋問。

「我沒有看到這樣的報告。」施義偉說。

「那你知道裡面住什麼人？被救護車帶走的女人是誰？」侑銘問。

「那個女的叫盧清美，就是屋主。」施義偉說。

「盧清美？怎麼可能，她一臉煙灰，我看不清楚長相，但是我可以感覺她是個年輕的女子。那個盧清美現在應該是七十多歲的人才對啊！」希洋一臉迷惑。

「她現在昏迷中，我們還要等更多的調查才知道怎麼回事。」

「或許只是同名的人？」侑銘提出假設。

「有那麼湊巧？都叫盧清美，都住同一棟房子，還都有方尊。」希洋反駁他的假設。

「爸爸說屋子裡沒有方尊啊！」侑銘不死心。

「伯父只是說火災報告裡沒有四蛇方尊，不代表方尊之前不在那，而且我們都看到四條蛇煙，大巫奎的巫術就在那。」希洋說。

這時，空中黃光、橘光一閃，智梟、夔龍同時出現，停在客廳的桌上。

「你們回來了！到底發生了什麼事？方尊到底有沒有在裡面？」希洋焦急的問，

「我們一靠近就感受到大巫奎的力量，當然，他也同時感應到我們的到來。」

夔龍聲音低沉的說：「我們不知道屋子裡發生什麼事，只知道大巫奎讓屋子起火。我們趕到時，他派出方尊上的四蛇迎戰我們，阻擋我們進屋，之後希洋出手救了那名女子，打死了其中一條黑蛇，另外三條沒多久也消失了。我們進屋去找，怎麼也沒找到那件方尊。」

「你們現在可以感應到方尊去哪了嗎？」侑銘問。

「目前不行。」智梟氣呼呼的說：「我們倆在爭鬥中消耗不少巫法，而且大巫奎消失後，他把自己的力量藏得更隱蔽了。」

「那現在怎麼辦？」希洋焦慮的撥著頭髮。

「要想辦法找到那名女子，她知道很多事。」智梟說。

「爸！她被送去哪家醫院？我們可以去看她嗎？」侑銘轉頭看著施義偉。

「我來問問看。」施義偉轉身去打了幾通電話。

看著施義偉走開，希洋小聲的問：「需不需要我再去找媽媽，讓她帶我去看長生石，說不定長生石可以看到現在方尊在哪？」

夔龍想了想，「不行，妳出現在大巫奎的面前，用海蛇跟他交手，還用巫術毀了他的一條黑蛇煙，他一定可以推斷出妳跟這些巫女有連結，很可能來跟蹤妳。如果妳去找長生石，就會暴露長生石的下落。」

「而且，長生石既然最後的感應是五十年前的事，那代表五十年來，大巫奎力量慢慢變強，他可以隱蔽自己不被發現，那樣的話，現在長生石也還是無法知道。」智梟說。

希洋想想也有道理，打消潛水去找媽媽的念頭。

施義偉匆匆走回來，臉色不太好。「盧清美傷勢嚴重，還在昏迷中，等她清醒，醫院會通知我。」

接下來幾天，希洋每天來找侑銘，可是施義偉都沒有好消息。智梟跟夔龍也輪流出去找，也都沒有大巫奎的下落。

這天，他們又在一起商量應該怎麼辦，施義偉接到一通電話。

「我是。這樣啊……好，嗯……嗯……還是沒有親人來探望？……這樣……好，好。」

施義偉又說了一會兒話才掛斷。

「醫院說，盧清美器官衰竭，燒傷的情況很糟，可能熬不過去。」他沉痛的說。

「啊！」希洋雖然不認識她，但是自己費這麼大工夫可能還是沒法救活她，覺得很難過。

「她昏迷的話，是不是就不能說話？」侑銘問，希洋瞪他一眼，覺得他問這什麼廢話。

「我的意思是，她雖然不能說話，如果她還有腦部活動的話，說不定可以用通心術跟她溝通？」侑銘趕快解釋。

「這樣可行嗎？」希洋問智梟跟夔龍。

「應該可以。」智梟說。

「如果她腦部還有意識的話。」夔龍說。

「我不是醫生，不知道她的腦部活動如何，是不是能溝通。而且已經過了這麼多天了。」施義偉說。

「爸，我們試試看好不好？讓我們去醫院看她。」侑銘懇求的說。

施義偉想了想，再度打了幾通電話，做了一些安排，終於可以帶他們去醫院。智梟跟夔龍也回到雙羊玉中，讓希洋帶在身邊。

施義偉帶著他們兩人來到醫院，在櫃台登記名字後，護士指示他們來到加護病房，希洋看見門外牌子上果然寫著「盧清美」。

「你們慢慢跟她溝通，我在外面等。」施義偉說。希洋知道他在幫他們把風，感激的點點頭。

盧清美躺在病床上，頭髮散亂糾結，眼睛緊閉，嘴巴插著呼吸器，全身包滿紗布。

希洋走上前，此時她臉上的煙灰已經清乾淨了，可以看得出皮膚細緻沒有鬆弛皺紋，頭髮烏黑亮麗，的確跟在長生石影像看到的是同樣的年紀，不是七十多歲的老太太樣貌。

「妳可以聽到我嗎？我是那天從陽台救妳出火場的人……妳要好好養傷喔。」希洋輕聲的說。

盧清美還是沒有任何反應。

「我們來試試看。」智梟說。

一道金光出現，另外一道橘光也出現，兩道光在盧清美的上方盤旋，希洋可以聽到牠們同時用通心術對著盧清美說話。

「妳可以聽到我們嗎？妳可以說說話嗎？」

希洋可以感覺到，智梟跟夔龍同時對著盧清美施巫法，金光、橘光來回繞轉。

「不行，」智梟的聲音傳來，「有一層厚厚的巫術控制住她的心緒。」

「是大巫奎，他用巫法箝制她的心神。」夔龍說。

「你們不能去除他在她身上施的巫術嗎？」侑銘問。

「我們的力量不夠，還差一點。」夔龍嘆口氣說。

希洋、侑銘焦急的看著床上的女人，不知道怎麼辦才好。

「她的生命力慢慢消退中。」智梟低聲說。

希洋再度想到媽媽跟阿姨們給的鱗片。她拿出第二片鱗片，放在胸口。

「我應該可以幫你們了。」希洋說。

她在心裡默念：「請維持她的生命，讓我可以聽到她心裡的話吧！」

只見黑、藍兩道光芒從她胸口冒出來，交錯閃爍的向著床上的女子伸展而去，在快到她的頭上時，兩道光芒結合形成一條海蛇的外形，這條海蛇形體的光繞著她的頭轉圈，嘴巴還吐出蛇信，一直點著盧清美的額頭。

沒多久，從盧清美的額頭中心冒出一股黑煙，這黑煙很快就形成一條大黑蛇。

黑蛇對著海蛇攻擊，智梟跟夔龍也馬上加入戰局，幫著海蛇對付黑蛇。

黑蛇大口一張，吐出許多黑煙，阻礙了大家的視線。智梟催動自己的巫術，全身發出金光，夔龍也散發橘色的光芒，兩者在空中來回繞轉。黑蛇的身影忽隱忽現，海蛇對著牠奔去，兩條蛇影，一個粗大，一個細長，在小小的加護病房中廝殺翻騰。

夔龍找到一個縫隙，快速飛近黑蛇，用卷尾勾住黑蛇尾，黑蛇努力甩動，可是怎麼也甩不開夔龍。黑蛇用力拔起，夔龍也跟著被拉高。

智梟也不是省油的燈，牠從上而下對著黑蛇啄去，尖尖的鳥喙在牠身上啄出許多洞。黑蛇頭大力扭轉對牠噴出許多黑煙。在智梟跟夔龍的牽制下，黑蛇行動變得滯礙，海蛇動作靈活，緊緊跟上去，往黑蛇身上咬去，黑蛇也猛力回頭，大口咬在海蛇身子。

病房中忽明忽暗，蛇、龍、鳥激烈大戰。黑蛇受到三者夾攻，動作越來越慢，攻擊力越來越弱，最後終於不敵，在空中翻轉三圈，濃濃的黑氣開始退去，最後整個在空中消散，不見蹤影。

侑銘跟希洋衝向床邊，只見本來二十多歲年輕模樣的盧清美，忽然面目開始變化，細緻的皮膚變得粗糙鬆弛，頭髮掉落變灰白，好像有人在這裡幫她快轉人生。

他們驚訝的看著她的轉變。侑銘最先回神，「快，她正在死去，快問她問題。」

希洋讓自己回神，她指揮海蛇，進入她的腦海中。

「盧清美，我叫希洋，我把妳帶出火場，妳記得嗎？」希洋呼喚她。

過了好一會兒，一個女子的聲音傳出來，大家都可以清楚的聽到。

「我記得……」盧清美說。

「妳是不是有一件四蛇方尊？」希洋問。

「是的，這件方尊……害慘了我。」盧清美口氣激動的說。

「妳知道方尊在哪嗎？那天為什麼會有火災？」希洋再問。

盧清美沒有直接回答她的問話。她停頓了好久才又開口：

「我二十七歲那年，認識事業有成、自信又有氣度的周萬德，他說我的善解人意、年輕活力是他太太沒有的，他深深被我吸引，他不能給我名分，可是可以給我房子、車子、股票和現金。當時我深深的相信，只要時間夠，我的愛一定可以讓他改變心意的。在我生日那天，我告訴他一個好消息，我懷孕了！他非常高興。第二天，他興沖沖來找我，還給我一個好大的生日禮物，就是那鼎有四條蛇的方尊。

「我一直要他快離婚，讓我們母子可以光明正大的跟他組成家庭，可以在朋友間抬頭挺胸，我不想孩子父不詳。可是他一直很為難，很痛苦，一直跟我說對不起，要我再給他多一點時間。後來我才知道，他根本沒心這樣做，為難跟痛苦都是裝的，他只是想拖延時間，對他來說，他給我這麼多物質的東西已經仁至義盡了，我居然還敢跟他要名分，他對我的忍耐就越來越少了。」盧清美的口氣充滿怨恨。

「沒多久，周萬德的太太知道我的事，她怒氣沖沖的來找我，逼我拿掉孩子，說她絕不允許她先生外面有小孩，罵我是狐狸精，罵我是貼著錢走的爛泥。我氣不過，打了她一巴掌，她居然就對我拳打腳踢，我躺在地上哀號，然後我開始流血了。

「我肚子好痛，求她送我去醫院，她只是冷笑，又準備要過來踢我。這時，周萬德給我的方尊居然冒出黑煙，而且還有一條黑蛇跑出來，對著周太太衝去。周太太嚇得大叫，黑蛇對著她咬去，不過牠只是一堆黑煙組成，沒能咬死她，但也夠嚇得她衝出去，再也不敢回來。」

希洋、侑銘聽到這裡，終於了解，為什麼周太太這麼大方把四蛇方尊給盧清美而沒去要回來了。

「我看著那黑蛇，嚇都嚇死了，可是牠開口跟我說話，牠說牠有巫術，可以保護我，但是我要誓死效忠牠。我很害怕，不敢回答。牠馬上說，牠可以讓我永保青春，不會變老，只要我乖乖聽話。我聽了眼睛一亮！我有錢有房子有車子，如果還能永遠美麗年輕，那該多好。我馬上答應了。

「黑蛇繼續說，牠的力量來自牠的主人，主人在這件方尊裡面，他的力量剛剛恢復，所以一時不能傷害周太太，不然她早就死無葬身之地了。但是只要我耐心的幫他，等到另外一股力量會合時，主人就可以得到巨大的黑暗力量，就可以恢復他原本的巫術。

「我聽了又敬佩又害怕，我想到我肚子裡的孩子，『求求你，幫我保住孩子！』黑蛇煙來到我的肚子上方徘徊好一會兒，牠搖搖頭說：『這孩子的形體不保，而且就算它留下來，周太太還是容不下它，不如把它交給我的主人。』

「我問牠那是什麼意思，牠說：『孩子已經沒有形體了，可是還殘留一些精氣，我的主人可以幫妳留住孩子的精氣。』牠看了看四周，指著房子的角落，『你去把那個布偶拿來。』那是一個猴子布偶，我小時候爸爸買給我的，我一直珍藏著。我依照牠的話，把布偶拿過來。」

「猴子布偶？」希洋打岔，「就是我救妳出來時，妳手上抱著的布偶？」

「是的，布偶呢？」盧清美問。

大家四處看看，布偶並沒有在病房中。

「可能護士收起來了，我們等下去問問看。」侑銘說。

「我想，是不用問了。」盧清美嘆口氣，幽幽的說。

「什麼意思？」

盧清美又停了一段時間，繼續說：

「黑蛇跟我說：『把布偶放在妳身旁，妳再躺下。』說完牠繼續在我肚子上遊走，我感到一股陰氣竄進體內，來到子宮的位置，本來痛得要命的肚子不再痛了，然後我看到一道血氣從我的肚皮冒出來，這道血氣隨著黑蛇來到布偶上方，在黑蛇力量的指引下，鑽進布偶中。『主人把妳孩子的精氣放到布偶中，他會利用孩子的精氣，讓他養足巫術，他的巫術越強，妳的孩子就會被養得越壯，有一天，他就會從這個布偶中活過來。』

「幾十年來，那件方尊裡的主人慢慢變得更有力，我也真的成了一個不會變老的人，這讓我太高興了。只是周萬德再也沒有回來過。有一天，我看新聞說他自殺死了，我只覺得他活該，一定是那個周太太讓他沒好日子過才活不下去，他當初如果選擇我，一定不會自殺的。

「只是我的日子也不好過，應該說，越過越慘。我不會變老，永遠年輕，但是這個巫術控制我思緒，讓我不能跟外人交談，控制我行動，讓我不能跟人互動，我變成那個主人的魁儡。不只這樣，我一直以為我的小孩會在巫術下有血有肉，再度回魂跟我見面；想不到，那個主人的巫術恢復得沒我想像的快，這個布偶可以動，可以走，卻沒有人的血肉，而且那個主人也控制布偶的思緒，我小孩的形體與精神整個被囚禁在布偶裡，我求主人放他出來，他只是說，他要等更有力量的時候才能做到。」

希洋跟侑銘聽得毛骨悚然，想不到大巫奎這麼陰毒，做出這麼多詭異又違背常理的事。

「前不久，主人非常興奮，說他三千年前安排的兩股力量要相會了，到時候他會接收到這強大的黑暗力量，他就可以恢復他的巫法，也可以讓我的孩子有血有肉，而且到時候，他會在孩子的身體裡面幫助他長大。我聽了很不高興，這不是我想要的，但是又無能為力，他完全控制我，我什麼也不能做。

「不過不知道什麼原因，他並沒有得到預期的力量，好像受到阻擾，我不太懂。他大發雷霆，讓黑蛇狂掃摧殘我的家，所有的家具都被破壞，我也被波及，整個被打得昏迷，重傷好久。」

「我傷還沒好，那天，黑蛇再度現身，說主人感應到有對頭要來找麻煩，他來不及撤走，打算銷毀笨重的方尊，然後附身在布偶身上逃走。他用巫術燃起巫火，把方尊整個燒融，正準備要逃時，我知道這是我擺脫他的機會。不管他的對頭是誰，如果能讓他害怕，那一定力量很大，說不定可以救我。因此我死命的抓住布偶，不讓他跑走，本來我的力量在他控制之下，是沒法限制布偶的行動，但是他為了應付對頭，用盡全力，就沒法控制布偶。我趁這個機會，抓緊布偶到陽台求救，然後我看到妳的神蹟，看到妳可以騰空飛起來，一定就是那個主人的對頭，妳一定可以救我，一定可以幫我的孩子回魂。

「我知道我快死了，我之前受重傷，現在又全身燒傷，年紀這麼大，挺不過去的。但是我求求妳，一定要去找回那個猴子布偶，現在方尊毀了，那個邪惡主人躲在布偶裡面，我的孩子也在裡面，拜託妳了，求求妳了。」

「妳知道他可能會去哪嗎？」希洋問。

「我聽他說過，他如果可以找到長生石就可以永遠不死，不過他好像不知道長生石在哪。不管怎樣，你們一定要阻止他找到！」

「好！沒問題，我一定會阻止他的。妳要安心。」希洋用力的保證。

「那好，我要走了……這裡是什麼地方？這裡……」盧清美的聲音越來越輕，越來越悠遠。

「我跟智梟會用巫術引領她到天神那裡。」夔龍低聲的說。

希洋發現自己跟她溝通的力量消失了。她有點悵然，低頭不語。

智梟跟夔龍在盧清美的身體上方圍繞，金光、橘光祥和的繞轉，加護病房床頭的儀器還在努力運轉，但是她已經離開了。

「我們走吧！」侑銘輕輕的拉拉希洋，「我們還得去找布偶的下落。」

希洋失神的點點頭，他們一起離開醫院。

23 布偶

「想不到我費了那麼大的力氣，用掉媽媽給我的兩片鱗片，還是救不了她。」希洋的情緒非常低落。

「她被控制那麼久，這樣也是解脫啦！」侑銘說。

「生死有命，不是我們可以左右的。」夔龍安慰她。

「可是，我浪費了兩片鱗片，那個大巫奎還不是逃跑了。」希洋覺得悶悶不樂的。

「如果妳第一次沒用上鱗片，盧清美就會被當場燒死，然後布偶逃走，我們完全沒有頭緒。第二次沒用上鱗片，我們就不知道來龍去脈，也不會知道那布偶有那麼大的干係。」智梟說。

「對啊，至少我們現在知道要去找布偶。爸爸問了醫院的人，沒有人注意到那個布偶。他已經去申請調閱醫院的監視器，看看能不能找到什麼線索。」侑銘說。

他們正聊著，施義偉開門進屋。

「爸，你回來了。有沒有找到布偶？」侑銘迫不及待的問。

「還沒。」施義偉搖搖頭，他來到客廳，「不過，我看了好多監視器畫面，果然看到布偶在走廊走動的身影。它很機警，如果有人出現，它就停下來坐在牆邊，像是被人遺棄的玩偶那樣。等人離開後它再移動。之後出現一個男孩，他看到玩偶後很感興趣，就走過去抱起它，然後跟媽媽離開醫院。」

「糟糕了，這小孩會有危險。」希洋憂心的說。

「爸，醫院外面有沒有監視器錄到他們開什麼車，或從哪個方向走？」侑銘問。

「很可惜，沒有，」施義偉抱歉的說：「影片中小男孩大約六、七歲，他的角度背對著監視器，看不到長相，不過他跟媽媽的衣著被記錄下來。我請人幫我去醫院一一詢問，看誰對他們有印象。這可能需要一些時間。」

「好吧。」希洋無奈的說。她覺得要這樣找到人好難喔。

「我們也會繼續追查大巫奎的力量。」夔龍說。

「他絕對不會就此罷休，一定會出擊的。」智梟呼呼的說。

「我怕他會對小男孩不利，像他之前對盧清美那樣。」希洋擔心的說。

「我也擔心妳的安危，」侑銘說：「希洋兩次用海蛇毀了他的黑蛇的力量，他一定會報復的。」

夔龍在空中遊走，思考了一會兒。「我想，希洋暫時應該沒事。他會想報復，但是我猜他更想要長生石的力量。這些海蛇是他之前手下巫女變成的，他見識了她們的巫術，一定會覬覦這樣的力量，所以他一定會想盡辦法去得到，毀了希洋對他沒有好處。」

「或許他不會馬上殺死希洋，可是他可能會像對盧清美那樣去試著控制希洋，或用巫術威脅逼迫希洋。」侑銘擔心的說。

希洋態度倒是輕鬆。「其實你們都不需要擔心我，別忘了，我手上還有兩片鱗片，我可以保護自己的。而且，」希洋補充說：「如果他現身，我們也才好對付，不然他一直躲著，一直搞破壞，我們處在被動的位置也不是辦法。」

「當然，最好是我們可以找到那對母子的下落，」施義偉說：「我不想再看到無辜的人受傷了。」

大家都同意這點。

24 男孩不見了

過了幾天，侑銘一下課就看到爸爸的簡訊：「找到母子的下落了。」

希洋帶著雙羊玉，趕緊跟著侑銘回家。

「你們看！」施義偉把幾張照片放在客廳的矮桌上。

希洋看到第一張照片是醫院的走廊，右邊角落有個小小的走路身影，她依稀可以看到，就是那天盧清美手上抱的那隻猴子布偶。

第二張照片在醫院另一個走廊，一個男孩彎腰查看牆邊的布偶。

第三張照片男孩蹲著伸手去摸布偶。

第四張照片是男孩的背影，他的右手抱著東西，手臂下露出布偶垂下來的腳。這張可以清楚的看到，他穿著後面印著帆船的灰色上衣、深藍色的短褲。一名高大的女子牽著他的左手，這女子穿著一件黑色的長洋裝，左肩背著褐色的包包。

「我讓人拿這些照片在醫院走動詢問，是一位打掃的先生說看到這對母子。他說母子倆在爭吵，媽媽叫兒子丟掉布偶，可是小男孩不肯。打掃的先生看那布偶又髒又破，還被火燒過的樣子。那位媽媽一把抓著布偶，想要丟到垃圾桶，小男孩大哭大叫，死命抓住布偶不肯放手。打掃的先生說他沒看過小孩力氣這麼大，高大的媽媽居然搶不贏他，最後媽媽只好放棄，氣呼呼的拉著男孩離開。

「沒多久，他拿了垃圾桶去外面倒，在停車場又看到那對母子，媽媽還在生氣，男孩還是緊緊抱著布偶不放，他們進入一輛紅色的 TOYOTA 轎車之後就離去。我再次去調閱停車場的監視器，當天有六輛紅色的 TOYOTA 進入醫院的停車場，打掃的先生說的時間剛好只有一輛離開，所以我很快就鎖定目標，找到登記這輛車的車主，也拿到她的聯絡方式。」

施義偉拿出一張紙，上面寫著「陳嵋」，還有住址跟電話。

「太好了，我們快去找他們。」希洋興奮的說。

「等等，」侑銘看了她一眼，「我們要從長計議一下。」

夔龍飛了出來，在他們中間盤旋。「上次我們靠近時，大巫奎馬上感應到我們的行蹤，結果他用激烈的手段燒了方尊，害死了盧清美，他也成功的逃脫，我們不能再犯同樣的錯誤。」

「這段時間，也不知道他們是不是還保有那隻猴子布偶，如果小男孩的媽媽堅持要丟掉，說不定布偶已經被丟棄。這樣的話，很可能布偶自己已經跑走了。」侑銘分析著。

希洋點點頭，馬上冷靜下來。「從失火到現在已經幾天過去了，要先確定這隻猴子布偶是不是還在他們家，而且不能打草驚蛇。」

「看來，夔龍跟智梟先不要靠近那裡。」侑銘建議。

「我呢？我身上有鱗片，不會有危險的。」希洋說。

「希洋妳也不適合，海蛇鱗片可以保護妳沒錯，但是，那力量原本就來自大巫奎，他一定很快就會感應到的。萬一他先發動攻擊，會傷了男孩，太冒險了！」夔龍說。

「這幾天，不知道他有沒有對小男孩做了什麼可怕的事。」想到盧清美的際遇，希洋感到不安。

「或許我先……」侑銘的話還沒說完，施義偉的手機響起。

施義偉眉頭微蹙，「是局裡的小凱。我接一下電話。」

侑銘看著爸爸離開，繼續說：「我先打電話給陳嵋。我們可以討論一下要講什麼，比如說，我的布偶不見了，有人看到她的小孩拿去之類的。」

「然後約一天見面去拿。」智梟說。

「萬一小孩真的很喜歡，不肯交出來呢？」希洋問。

「至少可以先確定還在他們家，然後我們再討論怎麼辦。」侑銘說。

他們熱烈的討論著，這時施義偉走了回來，一臉沉重。

「剛剛小凱打來，跟我說一個小男孩失蹤了，我正奇怪，這樣的案子通常不是我在處理，他說，這小男孩的媽媽就是陳嵋，當時我請他幫我查紅色TOYOTA的車主，所以他對這個名字有印象，特別來跟我說一聲。」

「那個男孩不見了？」希洋覺得一股冷意上身。

「什麼時候的事？怎麼失蹤的？」侑銘問。

「小男孩叫陳奕安，是陳嵋的獨生子。陳嵋報案說，昨天晚上睡覺前，她還跟孩子說了些話，今天早上她去孩子的房間喊他起床，卻發現他不見了。她說，沒有外人闖入的樣子，門窗都關得好好的。睡前她跟兒子有些爭執，小孩上床前有點悶悶不樂，不過孩子才六歲，不可能有離家出走的念頭。她報警希望我們幫她找到孩子。」

「除了小孩，還有什麼東西不見嗎？」侑銘問。

「她說有一個奕安在醫院撿到的布偶不見了，還有一個她抽菸用的打火機也不見了。其他值錢的財物都沒有遺失。」施義偉說。

「一定是大巫奎搞的鬼，大巫奎控制了小男孩，我們要快去找奕安。」希洋激動的說。

「局裡已經安排警察去尋人了，你們先不要緊張。」施義偉安慰大家。

「他拿打火機要做什麼？」侑銘問。

「威脅奕安跟他走？」希洋說。

「他這次控制男孩，讓他離家出走，一定是想找地方試他的渡魂巫法。這個巫術需要新軀體的鮮血、頭髮和眉毛，以及另一個重要的元素——火。他本來就是一個善於用火的巫師，渡魂巫法更是需要很多的火。你們說的打火機，一定跟這個有關。」夔龍說。

「什麼是渡魂巫法？」希洋問。

「那是一個古老的黑暗巫法，讓一個魂魄渡到另一個生命裡。當時巫比跟大巫奎不合，一開始就是因為這個巫法。大巫奎來找巫比，想一起研究切磋這個巫法，大巫奎說練成這巫法可以延續生命，造福眾人；巫比則非常反對，堅持這種巫法傷害無辜生命，違反天理，天神不容，應該要禁止。兩人大吵一架，甚至還打了起來。之後大巫奎就自己去苦練。他千思萬想的，就是要延續生命，讓他的精氣不死。聽說他當時已經成功將一隻垂死的兔子生命移轉到一隻猴子身上，這隻猴子像兔子一樣四肢著地跳躍，不再攀爬樹枝，而且從此只吃雜草乾糧。不過這隻猴子不久就死了，而且無法二度轉移生命。」夔龍停頓了一下，又說：「我想，他一定不甘於躲在一個布偶裡，他現在藉由盧清美早夭的孩子那一點精氣來回魂，但是他一定想要有血有肉的軀體。我猜，他想要用渡魂巫法，讓他自己的魂魄渡到奕安身上。」

「這聽起來好可怕啊！」侑銘皺著眉頭。

「我們一定要快阻止他啊！」希洋擔憂的說。

「我已經安排警力去尋人了，你們如果感應到什麼特別的力量在害人，也一定要趕快跟我說。我們要互相配合幫忙。」施義偉嚴正的說。

大家都同意點點頭。

25 搶救奕安

希洋一早就被電話聲吵醒，但是她反應很快，馬上接起來。這幾天她等著侑銘爸爸的尋人消息，手機隨時保持開機的狀態，一有任何簡訊或電話，一定不錯過。

「喂？」

「希洋，我吵醒妳了嗎？」侑銘問。

「沒有，我剛起床。」希洋努力口齒清晰，沒有滿嘴睡意的樣子。

「對不起！」看來侑銘沒被她騙到。「不過有奕安的消息，妳快過來，我現在在去爸爸家的路上。」

「找到奕安了？他還好嗎？」希洋一邊跳下床換衣服，一邊緊張的問。

「妳來了再說。」侑銘說完，匆匆掛了電話。

希洋穿好衣服下樓，準備要出門時，被爸爸叫住。

「星期天一大早，要去哪啊？」

「當然去找男朋友啊。」希海一邊吃早餐，一邊看手機，頭也不抬的說。

希洋瞪了哥哥一眼，回答爸爸：「我去找侑銘。」

「上次去看海扇之後就沒看到他了，我還以為你們吵架了。跟他說我們還要一起潛水喔！」爸爸熱心的說。

「喔，好。他最近也很忙。」希洋隨口應著。自從跟大巫奎交手後，她刻意避開潛水活動，怕大巫奎會暗中跟著她，找到長生石。幾次爸爸建議一起潛水，她都用很忙來推託。

「我剛買了蛋餅，妳拿去吃，也給侑銘帶一份。」爸爸把桌上的蛋餅遞給她。

希洋手握著兩個熱熱的蛋餅，心裡一陣溫暖。爸爸這幾年父兼母職，要兼顧潛水店的生意，又要照顧他們兄妹，現在連她的朋友也一起關照，她忍不住眼睛也溫熱溼潤起來，一個衝動，好想告訴爸爸有關媽媽的事；不過想到媽媽的謹慎，想到自己的任務，她趕快閉嘴。

「謝謝爸，我走了。」希洋揮揮手，關上了門。

她很快來到施義偉的住處，侑銘已經到了。

「要不要吃蛋餅豆漿？我爸爸幫我們準備早餐了。」侑銘問。

「哈！好巧，我爸也幫我們準備了早餐。」希洋揚揚手上的蛋餅。

「怎麼這麼巧？」兩人相視一笑。

「有奕安的消息？」希洋正色問道。

「爸爸一早打電話給我，他說，一位早起運動的先生，在爬山的路上遇到一個小男孩，他很驚訝他怎麼一個人在山上走，上前詢問，準備帶他下山去警局，沒想到這小男孩居然攻擊他，還把他推倒在地，他頭撞到，受傷不輕。這位先生趕快報警。根據他的描述，這小男孩很可能就是奕安。」侑銘說。

「確定了嗎？」希洋緊張的問。

「爸爸只跟我講這些，他就又接到電話，今早電話不斷，現在還在講，所以我就先通知你過來。」侑銘說。

「智梟、夔龍，你們有大巫奎的消息嗎？」希洋用通心術詢問。

「我們到奕安家探查，的確有感應到大巫奎的巫術痕跡，他在陳家待了幾天，可是之後他的行蹤飄忽不定，巫術的痕跡很難捉摸，感覺似乎在城市行動不久後，就往山上方向移動。」智梟說。

「不過我們還是沒法掌握他確實的位置。」夔龍說。

「這樣看來，那個被推倒的先生遇到的應該就是奕安。」希洋說。

這時，施義偉電話講了一個段落，走出房間。

「希洋妳來了。來，吃早餐。」施義偉招呼著。

「伯父早，我也帶蛋餅來了。」希洋說。

「呵呵，太有默契了，哈，還是應該說，太沒默契了？居然買重複的東西。」施義偉抓抓頭。

「爸，有沒有奕安的消息？智梟說他們可以感應到大巫奎的巫術在山上出現。」侑銘說。

「那位運動的王先生說他在山腰上的涼亭裡遇到一名小男孩，小男孩穿著睡衣睡褲，顏色和樣式跟陳嵋女士描述的一樣。局裡已經派人去尋找了。」施義偉說。

侑銘跟希洋互望一眼，兩人之間的默契已經讓他們知道對方在想什麼。

「吃完早餐後，你們想出去走走的話，自己要小心。」施義偉若有似無的說。看來他也知道他們在想什麼。

兩人帶著雙羊玉，坐了公車，來到山腳下。這天天氣陰陰的，登山石階在濃密的樹林之下顯得特別的幽暗。他們沿著石階走，大白天的，居然有陰森的感覺。

他們往涼亭的方向去，兩名年輕的警察從對面走來，看來他們沒在涼亭找到什麼，聽他們對話的語氣，打算往山上找去。

希洋跟侑銘來到報案人說的涼亭，此時沒有任何人在此，他們四處隨意走走，看看水泥砌的桌椅，看看四周風景。

侑銘注意到，希洋的表情有點怪異，她似乎有點納悶，又有點不敢相信的樣子。

「我可以感應到大巫奎的力量，而且，他從這邊過去。」希洋說，她指著石階旁一條不明顯的小路。

「想不到妳比我們更敏銳了。我可以感受到他在這裡待過，但是不知道他往哪去。」智梟說。

「妳有一半海蛇的血統，而那些海蛇曾經是大巫奎的手下，巫法來自同一門脈。所以你跟大巫奎開始有感應了，這是可以預料的事。」夔龍說。

「我會變得像大巫奎那麼壞嗎？」希洋聽夔龍的分析，忽然擔心起來。

侑銘敲了一下希洋的頭，「妳想太多了，妳的媽媽跟阿姨們都棄暗投明了，而妳遺傳的是妳媽媽的血統，當然也不會是壞心人。」

「巫術是好是壞，是看使用人的用心。用心是好的，巫術就可以行善。」夔龍語重心長的說。

「了解。」希洋說。

「好啦，我們現在往哪裡走？」侑銘指著前面的叉路。

希洋走向前，兩邊張望一下。「右邊。」

這條路幾乎不能叫路，兩旁的長草比人還高，有的還長到路中央。他們要一路跟植物奮鬥著往前走。

「我也感應到大巫奎的力量了。」夔龍低聲的說。

「他有什麼動靜嗎？」侑銘問。

「沒有。」智梟用氣音說。

長長的草，蜿蜒的路，讓他們的視線只有周圍一、兩公尺的範圍。有的地方，濃密的長草甚至直接掃在臉上。

他們決定持續往前走，走了滿長的一段路，在一個轉彎處，他們撥開路上的長草，眼前出現一片比較寬廣的地方。這塊平地的正中央，赫然就是那個猴子布偶。

希洋跟侑銘不敢馬上靠近，他們四處張望，也沒有看到孩子的蹤影。他們正納悶，智梟首先飛到布偶的上方。此時，一道黑煙升起，向上盤旋，看起來像一個倒立的黑色螺旋，越往上的圓圈直徑越大，彷彿張開大嘴，準備將智梟吞沒。

智梟不敢再靠近，牠繞開了去。夔龍也出現，趕快靠近智梟，一鳥、一龍，兩個巫法的力量在空中相會，一起射出金橘色的光芒，明亮溫暖又有力道。光芒打向黑煙，黑煙向上推升，兩股力量相抗衡。

不過沒多久，黑煙顯得疲弱，越來越淡，智梟、夔龍再加把勁，金橘光芒大放，把黑煙整個融化消失。

智梟急衝下去，用尖爪抓起布偶。

「大巫奎故弄玄虛，他已經不在裡面了！」智梟大叫。

「那個黑煙是障眼法，他在布偶設下一部分的巫法，不是本尊，難怪這麼軟弱無力。」夔龍說。

「糟了，他故意引我們來這裡。」希洋抬起頭，努力感應四周，「我們快回到涼亭。」

希洋拔腿就跑，侑銘緊跟在後，兩人在長草小徑上穿梭，好幾次被堅韌的細草劃傷，希洋還感覺到一條樹枝戳到她上臂，不過她沒心去管，只全心在涼亭裡，因為這次她可以確切的感應到孩子就在那！

還沒靠近，一陣熱氣撲面而來，全身燥熱，非常難受。這股熱氣充滿腐敗的惡臭，就像之前盧清美家發生的火災一般。

「好臭又好熱啊！」希洋皺眉，她越往前走，越有股衝動想轉頭跑掉。夔龍飛來，在希洋和侑銘兩人上方盤旋，一陣涼氣從上而下瀰漫在四周，他們稍微感到舒坦一些，比較可以忍受了。

「我必須保留大部分的巫法對付大巫奎，所以只能用一部分的力量保護你們。」夔龍嚴肅的說：「這個力量能讓你們舒服一小段時間，但是不會太久。」

侑銘點點頭。希洋了解他們動作必須要快。

他們腳不停歇的跑，終於來到涼亭邊。一看到涼亭內的景象，他們都睜大眼睛，倒抽一口氣。

涼亭內的地面燃起一圈火，火勢約小腿的高度，沿著水泥桌椅繞一圈，黑煙從火苗中竄出，形成兩條巨大的黑蛇煙。

小男孩躺在涼亭水泥桌上，他兩眼睜得大大的，臉上表情僵硬，看不出還有沒有生命跡象。他的四肢顯得無力，右手垂掛在桌邊，一條黑蛇煙正咬在他的手腕上。希洋一行人趕到時，這條黑蛇煙放開小男孩抬起頭來，希洋看到手腕上兩道細細的咬痕，正流出黑色的血液。

「主人的力量快要復甦了，你們三番兩次壞事，阻撓主人的計畫，到時候就不只是死路一條這麼簡單了。嘿嘿！」第一條黑蛇煙說。

「等我也吸到這男孩的血液，就輪到你們倆了。主人很看重你們過於常人的力量，等著你們去餵養他的精血之氣。」第二條黑蛇煙說完，低頭朝著男孩俯身衝去。

「放開他！」侑銘大喊。

「快去阻止牠們！」希洋焦急的說。

智梟和夔龍向著涼亭中央飛去，可是這次火焰燃燒的黑煙繞著水泥桌椅，形成一道圓牆，智梟和夔龍居然一時之間飛不進去。

「嘿嘿，你們就乖乖在那，看著主人恢復吧。」第一條黑蛇煙冷笑，再度施巫法，把火焰養得更大。

智梟跟夔龍並不放棄，牠們口中金光、橘光齊出，兩條光線交錯纏繞，然後一起向著瀰漫的黑煙射去。

牠們的光芒很快在煙牆中融出一道缺口，第一條黑蛇煙見狀趕緊施巫法，再度補上，第二條黑蛇煙也暫時放棄齧咬奕安，幫著第一條黑蛇煙增強黑煙的強度。

隨著夔龍施法越來越強，希洋跟侑銘感覺到保護他們的巫法力道在減弱。希洋看見奕安的臉色越來越慘白，就算他沒被大巫奎利用，時間久了，蛇毒也會殺了他。

她的手伸進口袋，拿出第三個海蛇鱗片，放在胸口，馬上就感到全身沁涼舒適，一股穩定的力量充滿全身。

她知道，那個煙火牆難不倒她。

希洋邁開大步，朝著火焰走去。

「喂，妳要幹麼！」侑銘大驚，要去阻止已經來不及，希洋已經走進火圈，到了水泥桌前。

希洋回頭對侑銘一笑，侑銘放下心，有默契的知道希洋已經使用鱗片的力量了。

黑蛇煙更是驚訝，牠們無暇理會智梟和夔龍，轉過身來全力對付已經闖入的希洋。

智梟和夔龍趁這個機會，再度將金光及橘光射向四周，跟黑煙與火焰相抗衡。

希洋來到水泥桌前，伸手想去碰碰奕安。第二條黑蛇煙已經來到她面前，張大口，對著她的手咬去。希洋一驚，趕快收回手，同時手一翻，一條海蛇出現，也對著黑蛇煙咬去。

第一條黑蛇煙衝了過來，打算要幫另一條黑蛇煙，可是這時智梟跟夔龍已經銷毀大部分火焰牆的力量，飛了進來，直接衝向牠，阻擋牠對希洋的進攻。

第一條黑蛇煙注入毒液吸取奕安的血液，巫法大增，不僅體型變大，腐臭味更濃烈，攻擊力也增強。智梟和夔龍前後夾攻，一時之間無法解決牠。

希洋手中的海蛇跟第二條黑蛇煙交戰，來往嘶咬，一下子黑蛇煙占上風，利用黑煙的霸氣直逼希洋；一下子海蛇占上風，利用靈巧的身段攻擊黑蛇煙。

希洋一邊專注對付黑蛇煙的攻勢，一邊擔心的看著奕安，他的臉色更蒼白僵硬了。就在這時候，她聽到智梟傳來的聲音。

「我們合力引開這兩條黑蛇煙，離小孩越遠越好，然後侑銘去把小孩搶出來。」

「好主意！」侑銘說，看來他也可以聽到智梟的通心術。

「你抱到小孩就往山下跑，我們會盡量牽制大巫奎的力量。」夔龍說。

「要快，我的海蛇力量有限。」希洋說著，指揮海蛇，在黑蛇煙的左右閃躲穿梭，搞得黑蛇煙心煩意亂。只是牠也不是好惹的，找到一個機會，大口一張，咬住海蛇的蛇尾。

希洋感到胸口一痛，她努力忍著，再度指揮海蛇，趁著牠的尾巴被咬住，借力使力，讓海蛇像麻花捲那樣，沿著黑蛇煙的身體纏繞，然後用盡全力，將第二條黑蛇煙拉離水泥桌椅。

侑銘知道機會來了，他輕易的走過智梟跟夔龍消融的火圈，快速奔向奕安，伸手抱起孩子，再快速離開涼亭，往山下跑去。

被海蛇困住的黑蛇煙看了大怒，牠努力吞噬，試圖把海蛇生吞活吃下去，希洋感到胸口的痛楚越來越強，可是她不放棄，咬緊牙關，不讓海蛇放開，繼續縮緊纏繞，把黑蛇煙越勒越緊。

現在就看誰先撐不住。希洋覺得胸口的痛像是要將她整個燒融一般，她開始意識模糊，精神渙散，眼前都是黑暗的迷霧。

「我快支持不下去了。」就在希洋迷迷糊糊之間，忽然眼前一亮，滿滿的黑色煙霧在空中爆開、四散，不留痕跡，只剩下海蛇在空中自由的遊走。

「太好了，我撐過去了！」希洋張開眼睛開心的說。

她抬起頭，智梟和夔龍還在跟第一條黑蛇煙抗鬥。看到奕安被拖走，另一條黑蛇煙被消滅，第一條黑蛇煙又急又氣，牠在閃躲智梟和夔龍之間，噴出大片黑色濃煙，一瞬間眾人視線受阻，智梟跟夔龍的金光橘光趕忙大閃，驅走黑煙，但是已經不見黑蛇煙的蹤影。

「牠去哪了？」希洋問。

「不知道。」智梟的聲音顯得疲憊。

「我擔心牠去追侑銘。」夔龍說。

「我們快去幫他。」希洋趕忙離開涼亭，也朝著山下趕去。

此時山路上還是沒有人影，他們很快就趕上侑銘。他一個人抱著奕安走這麼一段路，頗為吃力。

「你們來了，沒事吧？那兩條黑蛇煙呢？」侑銘停下來問。

「一條被海蛇纏繞擠爆了，一條不見了。」智梟說。

夔龍看看四周，「牠沒來為難你？」

侑銘搖搖頭。

「看來牠知道打不過我們，逃走了。」智梟說。

「孩子還好嗎？」希洋關心的問。

「他的身體好冷，我擔心……」侑銘的口氣很不安。

「我們看看。」智梟說。

侑銘在山路的石階上坐下來，讓孩子橫躺在懷裡。孩子的眼睛是睜開的，臉色慘白，全身無力。

夔龍飛到他的上方，橘色的光芒散出，柔和的映在奕安的身上。奕安的皮膚開始恢復血色。

「他的真氣保住了，不過他身體裡的蛇毒還是沒有解。」夔龍說。

「這怎麼辦？」希洋焦急的說，忽然她感應到海蛇的力量還在，她感覺到海蛇可以幫忙。

「如果這樣的話，他活不久。」智梟嘆口氣說。

「等等，我試試看。」希洋喚出海蛇，海蛇藍黑相間的細長身體爬向奕安，來到他被咬的手腕旁。牠吐著蛇信，溫柔的觸碰被齧咬的兩道細細的傷口。牠的蛇信散發淡淡的藍光，從手腕開始，慢慢朝著上臂延伸，奕安的手臂泛著藍光。淡藍的光芒繼續向其他部分擴散，慢慢的，奕安的軀體、四肢、頭，全部都在藍光的籠罩下。

這樣維持大約一分鐘，藍光從四肢末端開始向軀體集中，然後來到被咬的那隻手臂，往下來到手腕的傷口，藍光彷彿從傷口中拉扯什麼東西，慢慢的，兩滴黑色的液體從傷口中流出來，希洋與侑銘聞到一股濃濃的腐臭味。

海蛇看到這兩滴黑色液體，牠張開嘴，一口吞掉它們，空氣中的腐臭味馬上消失。海蛇吐吐蛇信，也跟著消失。

此時，奕安手腕上的傷口癒合消失。他全身慢慢動了起來，臉上的表情也不再僵硬。

「媽媽呢？這裡是哪裡？」奕安看著四周，一臉茫然。

「奕安，你覺得哪裡不舒服嗎？」希洋輕聲的問。

「沒有……你們是誰？」他小小的臉上充滿不安，一副快要哭出來的樣子。

「我是希洋，這位哥哥叫侑銘。不害怕，來，我們帶你回家。」希洋給他一個大大的微笑。

26 哥哥希海

奕安被安全的送回家，他完全沒有猴子布偶的記憶，看來當初是大巫奎使用巫術迷惑他，讓他堅持要帶布偶回家。

希洋和侑銘事後回到涼亭後面的山路，試圖再去找尋猴子布偶，可是布偶又失蹤了。大巫奎的力量一定是再度回到布偶身上，他的渡魂巫法被希洋他們打斷，只吸取小男孩一部分的血液，但是應該也讓他的力量更強大了。現在他一定會積極的去找下一個渡魂體。

「這幾天都沒有什麼動靜嗎？」希洋問。她與侑銘在施義偉家客廳，最近她幾乎天天報到，爸爸知道侑銘的爸爸是警察，非常放心。

「沒有。」智梟簡短的回答。

「希洋的鱗片雖然毀了四條黑蛇其中的三條，但是大巫奎的力量似乎一次比一次大，越來越難感應到他的存在了。」夔龍不安的說。

「我們能做什麼呢？」希洋問。

「只能靜觀其變。」夔龍說。

「你的意思是，我們就被動的等他發動攻擊，甚至再放火燒人，什麼都不能做？」希洋不滿的說。

「不是被動，大巫奎不會甘心隱藏起來，一定會付諸行動。我們以靜待動，密切注意一切可疑的事，一定可以逮到他的。」夔龍有信心的說。

希洋嘆口氣，也只好這樣了。

「那我先回家，今天好多功課要做。」希洋無奈的說。

「好吧，我也會問問爸爸，看看最近有沒有什麼異常的事情是跟布偶有關聯的。像是有人找到布偶之類的。」侑銘說。他送希洋到門口。

「好，掰囉。」希洋說。雖然她覺得就算有人找到布偶，應該也不會特地為這種事情報警，她不抱太大的希望。

「妳回來啦。桌上有水餃，妳自己吃，我晚上有夜潛的客人，我先去準備一下。晚上會比較晚回家。」爸爸看到希洋進門，匆匆的說。

「喔，好。」希洋隨口答應。

爸爸出門後，希洋來到廚房，餐桌上有一盤煮好的水餃，看樣子已經冷了。她嘆口氣，把整盤水餃放進微波爐加熱。

希洋愣愣的看著微波爐上時間倒數的數字，想到媽媽以前很愛包水餃，週末一家人常常圍著餐桌包水餃，嘻笑談話間就包了好幾盤，他們從來沒吃過冷凍水餃。

但是她也知道，爸爸一個人要照顧她和哥哥，要工作賺錢，已經花了他很大的精力。像今天晚上的夜潛，弄好回到家都快半夜了，爸爸還是努力下水餃給他們吃，而不是叫他們想辦法自己解決，她當然不可能去要求水餃不能是冷凍的。

只是她還是想念媽媽包的水餃的味道，應該說，她好想念媽媽。

幾個星期前在海中跟媽媽見面，現在想起來還是難以相信。要不是她跟侑銘經歷這許多事，要不是她口袋還有一片鱗片，她真要覺得自己在做夢了。

「叮！」微波時間停止的聲音，也同時強迫胡思亂想的時間停止。

希洋拿出水餃，正要坐下來，哥哥希海從樓上下來。

「剛才爸爸說有一盤水餃當晚餐。」希海說。

「時間還算得真準啊，我剛熱好人就來了。」希洋嘟囔著說。

「妳說什麼？」希海拿了雙筷子，坐到希洋的身邊。

「沒事。」希洋懶懶的說。

希海奇怪的看了她一眼。

「最近我常常想到媽媽。」希海忽然沒頭沒腦的說。希洋嚇一跳，因為她也剛剛才想到媽媽。這算是手足間的默契嗎？

「那時候妳還小，可能不記得，」希海自顧自說下去，「媽媽週末喜歡包水餃，我們常常有新鮮好料的水餃吃。我最喜歡牛肉煎餃了。媽媽都會把皮煎得酥脆，裡面料好多，好好吃。」

「我當然記得啊！我沒那麼小好嗎！」希洋白了他一眼，但是心裡有點暖暖的，眼眶有點熱熱的。

「妳記得啊？妳那時候只喜歡吃皮，會啃掉下面脆脆焦焦的皮，留一盤沒屁股的餃子。哈哈哈，爸爸氣死了。」希海笑著說。

哥哥一提，希洋想起來，她小時候的確比較喜歡煎得香香酥酥的水餃皮，對裡面包的餡並沒有那麼大的興趣。她記得那次，一大盤的煎餃被啃得亂七八糟。她不好意思的抓抓頭。

「後來那盤煎餃呢？」希洋好奇的問，這部分她就不記得了。

「我當時氣得哇哇叫，死也不肯吃妳咬過的，媽媽只好全部重做，那盤應該是媽媽自己吃掉了。」

「是喔……」想到自己的任性，希洋覺得很不好意思。

「我覺得我們找一天一起包餃子，回味一下媽媽當年的味道。」希海說。

希洋覺得鼻子酸酸的，眼淚已經蓄滿眼眶了。

「好啊。」她的心情很複雜，她知道媽媽還在，但是媽媽不能回來，她必須在深海中守護長生石。

「我來把這盤水餃煎一下，雖然不能跟媽媽的煎餃比，但是可以假裝一下。」希海說著就站起來，拿著那盤水餃到廚房，真的開鍋熱油，把餃子一顆顆放進平底鍋中。希洋整個看傻了眼。

「哥……」希洋哽咽起來。

希海俐落的把一盤餃子煎得金黃，雖然有幾顆沒控制好時間，有點焦了，但是滿室油香肉汁香，普通的冷凍水餃現在也看起來讓人食欲增加好幾倍。

「來了！」希海把一盤煎餃放回桌上。希洋忍不住又吸吸鼻子。

希海看了她一眼，「喂，我去拿醬油，不要偷偷把我煎得漂漂亮亮的皮都啃掉喔！」

希洋聽了破涕大笑，白了哥哥一眼，心情比較輕鬆。

希海拿了醬油、筷子，兩人對分盤子裡的煎餃。裡面的餡料還是一樣，但是希海將它們下鍋煎了一下，感覺美味升級。希洋胃口大開，兄妹兩人靜靜的狼吞虎嚥，食物的香味在空氣中流轉，想念媽媽的情懷也在兩人之間流轉。

「真希望可以多了解媽媽一些。」希海若有所思的說。

「什麼意思？」希洋吞下最後一顆煎餃。

「爸爸說，他認識媽媽的時候，媽媽說她是孤兒，世上沒有親人，感覺她好神祕，好像有很多祕密都不願告訴我們。」希海說。

「媽媽可能有她的苦衷吧！」希洋含糊的說。

「聽妳這樣說，好像妳知道什麼祕密一樣。」希海意味深長的看著希洋。

希洋看著哥哥，想到小時候媽媽常常帶著他們倆在海邊玩，三個人一起挖沙坑，她年紀小，挖得慢，哥哥會過來幫忙。有一次，她在海邊跑著追浪，不小心一腳跨進哥哥挖的深洞，整個人摔進去，哥哥大笑不已，但是還是過來把她拉出來。

哥哥也有權利知道媽媽的事，希洋想著。她也想要跟哥哥一起分享媽媽的祕密！

「哥哥，媽媽其實……」希洋一股熱血，正準備講出媽媽的身分，忽然腦海傳來智梟強烈的呼喊聲。

「不可以！希洋，不可以說！」智梟語氣緊急。

希洋愣了愣。

「希洋，我們感覺到大巫奎的力量出現，就在附近，不是很強，他很刻意壓抑隱藏，可是還是被我們感應到了。」夔龍也用通心術急促的說：「我們努力在房子上下找，結果在妳哥哥房間找到猴子布偶！」

「大巫奎已經將他的魂渡到妳哥哥的身上了。妳哥哥成了渡魂體了。」智梟說。

「怎麼會這樣?!」希洋喃喃的說。她不敢相信，哥哥今天的態度都是受到大巫奎的影響。

「不，不可能！」希洋堅決的說：「說不定，大巫奎找到渡魂體，離開布偶後，我哥哥無意中看到被遺棄的布偶，隨手把它拿回家罷了。」

「妳哥哥平常就是喜歡在路邊撿拾布偶的人嗎？」智梟冷冷的問。

「不是……」其實希洋對自己的假設也覺得荒謬，「可是大巫奎不會記得我們小時候包水餃的事，不會知道我吃掉水餃皮的事啊！」

「大巫奎的確不知道這些細節，但是他厲害的地方不只是巫法高強，攻擊力強，他還善於控制人心，蠱惑人心。他控制妳哥哥，讓他替他做事；他可以探測到妳心裡最柔軟的地方，然後從那裡下手。」夔龍沉重的說。

「呼呼，他這次隱藏得太厲害了，要不是他開始施用巫法，想要引妳講出妳媽媽的事，不然我們也沒察覺到他。」智梟說。

希洋茫然的看著前方，不知道要不要相信。

「那我為什麼這次反而什麼也感應不到？」希洋問。

「妳跟妳哥哥留著同樣的血液，對妳媽媽有相同的情感，所以妳對哥哥不會有戒心，他利用這樣的優勢，再施以巫法，強化妳對他的鬆懈。現在就算我們告知妳真相，妳也感應不到。」夔龍說。

希洋沒話說，她知道這是真的。

「希洋？」希海用手在她眼前揮了揮，「喂，妳睡著了啊？妳剛剛說媽媽怎麼樣了？」

希洋抬起頭看著希海，眼光直直的望進他的眼眸中。

「媽媽其實有很多祕密的，我好多話要跟你說，」希洋口氣真誠，「不過我先去房間拿件外套，有點冷，等我一下。」

希洋轉身往樓上去，她一定要親眼看到才相信。

她先進去自己的房間，隨便抓起一件外套，然後她來到哥哥的房間。她眼光掃過，沒有看到什麼布偶。

「在床底下！」智梟說。

「左邊，裡面靠牆。」夔龍補充。

希洋大步走向床邊，彎下腰，往左邊靠牆的地方看去，裡面暗暗的，希洋拿出手機打開手電筒功能往裡面照，果然，那隻熟悉的猴子布偶映入眼簾。希洋一直在找這個布偶，沒想到居然在家裡出現，而且在哥哥的房間，希洋覺得全身發麻，頭暈腦脹。

她站起身來，出了房間，一時不知道怎麼辦。

「希洋，千萬不可以告訴妳哥哥關於妳媽媽的事。」智梟說。

「可是如果我不說，他會不會對哥哥不利？」希洋擔心的問：「我要怎麼把他趕出我哥哥的身體？我哥哥會不會死？」

「就我所知，唯一摧毀大巫奎的方法，就是要讓大巫奎的力量跟著渡魂體一起被消滅。妳……無法救妳哥哥的。」夔龍嘆口氣說。

希洋愣住了。

她覺得全身一陣涼意。怎麼會這樣？

「沒有別的辦法？」希洋問。

夔龍沒有作聲。

希洋心裡一片混亂，她一心要制止大巫奎，去掉他留在世上的黑暗巫法，幫媽媽守護長生石，但是如果代價是哥哥的性命，她說什麼也做不到啊！

夔龍似乎聽到她內心的矛盾，牠的聲音再度出現，「妳先不要做什麼決定，但是絕對不可以告訴他妳媽媽的祕密。」

「什麼不要做決定？」智梟的聲音帶著不滿，「大巫奎的力量越來越大，已經從我們眼前逃脫多次，現在我們知道他在這，就一定要先下手除去，不能軟弱的同情。不然後果只會越來越糟，甚至生靈塗炭，世界只剩下絕望、恐懼、黑暗，還有不安。」

「妳先下樓吧，記著，長生石的祕密絕對不能說。」夔龍的語氣溫和。

智梟發出生氣的呼呼聲，但也沒再說什麼。

希洋一步步下樓，走回廚房。

哥哥已經把餐桌收拾乾淨，看她回來很開心的樣子。

「妳剛剛說什麼媽媽有祕密，是什麼呢？」希海表情認真的問。

希洋拿起外套，慢條斯理的穿起來，心裡想著要怎麼說。

「哥，你幫我去冰箱拿個蘋果好嗎？以前媽媽最喜歡吃蘋果了。有一次她說，為什麼沒有人在水餃裡面包蘋果？大家都笑她，結果她自創蘋果餃，把切塊的蘋果沾糖粉、肉桂粉，然後用餃子皮包起來，放進油鍋去炸，剛炸起來又酥又脆又甜，好好吃，大家都搶著吃。你記得嗎？」希洋微笑的回應。

「有有有，我記得！我還滿喜歡的。」希海一邊說，一邊從冰箱裡拿出一顆蘋果，走過來遞到希洋手上。

希洋伸手接過蘋果，面色不變，但是心裡一沉，因為她看到哥哥手腕上有兩個尖尖的黑色傷口，跟之前在山上涼亭裡，奕安手腕上的蛇咬齒痕是一樣的。

希洋心裡一痛，沒錯，哥哥也被黑蛇煙咬了。

希海轉身又去冰箱拿了一顆蘋果，一邊啃著一邊問道：「所以媽媽的祕密是什麼啊？」

「這個蘋果裡面有媽媽的祕密。」希洋揚了揚手中的蘋果。

「什麼？」希海皺起眉頭，不知道希洋在說什麼。希洋手一揚，很快的把蘋果往空中一丟，希海的眼光忍不住也跟著往上，希洋趁這個半秒鐘的空檔，迅速把最後一片鱗片拿出來，放在胸口。

「幫我把大巫奎趕出哥哥的身體，讓哥哥活下去！」希洋默念，她丟出蘋果的那隻手心馬上出現一條海蛇，細長的蛇身朝著哥哥而去。

希海臉色一變，他瞇起眼，手中吃剩的半顆蘋果被他灌注巫法，朝著海蛇飛去。希洋可以感覺到這個力道非常強，像是一顆高速鋼彈一般。

海蛇空中一扭身，閃了過去。希海兩手在身前畫圓，空氣中凝聚黑暗的氣息，一隻大黑蛇煙出現，對著海蛇衝去。

海蛇靈活巧動，在空中鑽來竄去，來回迅速，形體忽隱忽現，難以捉摸；黑蛇型體壯碩，力大剛猛，巫法強勁，氣勢逼人，難以應付。

兩蛇在空中激戰，智梟跟夔龍也馬上加入戰局，金光、橘光交錯來回，閃爍不定。

「希洋啊，本來想，妳如果好好回答我的問題，就不用兩邊打起來，何苦呢？」希海張嘴說話，但是聲音已經不是之前哥哥的聲音，而是一個陰森乾啞的聲音。「妳能發現我渡魂到妳哥哥身體裡面，應該是那隻貓頭鷹還有鷲腳龍說的吧？我可以感覺到牠們倆在房子裡鬼鬼祟祟的找來找去，知道牠們很快就會發現那個布偶。不過我不擔心。妳若肯好好配合，把妳媽媽和她姊妹的行蹤跟我說，我們可以一起合作。妳要知道，她們是我的徒兒，我想念她們好幾千年啊。我對她們沒有惡意，妳我根本不需要打起來啊！」

「這是大巫奎的聲音，」夔龍用通心術跟希洋說：「妳不要聽他的。他企圖蠱惑妳的心智。」

「我知道。」希洋回答。

「我要你離開我哥哥的身體。」希洋對著大巫奎喝道。

「希洋啊，妳聽我說，」大巫奎聲音刻意裝得柔軟，但是顯然效果不好，聽起來讓人更覺得陰冷難受。「當年我是商王的大巫師，法力無邊，造福萬民。我收了四名有靈氣的女子當徒弟，希望可以替我找到長生的祕密，為蒼生增福澤。可是四名徒兒背叛我，讓我失去長生不死、造福天下的機會，逼得我只好用這樣的方式再生。妳放心，我不會害妳哥哥的，我只是暫時借用他的軀體，只要找到長生石，恢復了能力，我就會離開妳哥哥，我保證他毫髮無傷，還會傳授他我的巫法精髓，答謝他的幫忙。所以妳如果願意幫我，等於就是幫妳哥哥啊。」

不知道為什麼，希洋理智上知道大巫奎在用巫法蠱惑她，可是內心有個角落又想要相信他的話，覺得他說得好有道理，她應該放棄對抗，應該要去幫他才對啊！

希洋是用內心的意念控制海蛇，此時她意志動搖，海蛇的力量開始顯得薄弱，力不從心，處處受到黑蛇的打壓。智梟與夔龍努力幫忙，但也開始顯得左支右絀。

「希洋，」智梟急切的聲音敲進希洋的心裡，「我跟妳說過，大巫奎作惡多端，他渡魂在妳哥哥身上，妳哥哥就已經不是他本人了，他只是受到控制的魁儡。妳要抵抗他的巫法！不要分心。」

「別忘了，海蛇的力量有限，一段時間後用盡巫法，牠就會消失。」夔龍提醒她。

希洋在智梟和夔龍的鼓舞下，打起精神，專注用心，海蛇的力量又回來了。牠更加快速的穿梭在空中，在黑蛇身邊游竄，攻擊力也更準確迅速。

夔龍和智梟全力以赴，原本左右夾攻，現在改變戰略，橘光、金光不再交錯。夔龍身形壓低，從黑蛇身邊掠過，一道橘光射出，這橘光像是緞帶一般，繞著黑蛇而轉。

黑蛇也不是省油的燈，牠的身形急速變大，運用巫法想撐破這道橘色的光圈帶。黑色的煙氣越來越擴散，接觸到橘光，一部分的橘光開始變暗，逐漸被消融。

智梟本來在黑蛇之上，防止牠上竄，可是牠看到橘光遭受攻擊，趨於弱勢，牠趕緊飛到黑蛇另一側，金光射出，緊密的包圍住橘光，加強橘光的法力強度。

黑蛇的蛇煙碰到金、橘兩光聯手，開始受到牽制，牠不再硬碰，縮回黑氣，回復之前的大小，身形一扭，往上急竄，脫離金橘光帶。

黑蛇雖然脫離智梟跟夔龍的光帶，但已經耗去許多法力，動作不再那麼敏捷有力。

海蛇抓住機會，跟著往上飛竄。牠追上黑蛇，在牠身上咬了一口，黑蛇吃痛，動作緩了一緩，海蛇趁機飛到黑蛇頭上，蛇尾捲著黑蛇，然後狠狠的、穩穩的朝著牠的頭頂用力一咬，黑蛇受到致命的一擊，全身僵直不動，癱軟直落，還沒碰到地，就煙散灰滅，沒了蹤影。

希洋大大鬆了一口氣，她把大巫奎的四條黑蛇煙都打敗了。

希海兩隻眼睛微閉，臉色僵硬，看不出他的表情。

「大巫奎的力量消失了嗎？」希洋用通心術問。

「妳消滅的是保護他的四條黑蛇，大巫奎的魂魄還在妳哥哥的身體裡。」夔龍說。

希洋想起上次救奕安的經驗，她決定趁海蛇的力量還在的時候，再試一次。

她喚回在空中游走的海蛇，讓牠爬向哥哥，像在山上涼亭那樣，牠靠近哥哥的手腕，用蛇信輕輕碰觸被黑蛇咬的傷口。

海蛇的表情似乎帶著溫柔，又有些畏懼，牠不安的扭動著，但是這次並沒有發出淡藍色的光芒。

「怎麼回事？」希洋瞪大眼睛。

這時哥哥睜開眼睛，快速伸出手，手掌一翻，抓住海蛇。海蛇剛才跟黑蛇一番激鬥，法力消耗很大，現在只能奮力掙扎，卻無法脫身。

希海嘴角揚起，發出冷笑。「哼，妳也認出我是妳之前的主人了？妳不僅沒能力把我的力量從妳兒子身上吸走，妳也清楚的知道，如果我離開，他就會死掉，所以妳還是不要浪費力氣了。」

希洋看著海蛇，原來最後的鱗片是媽媽的力量。

海蛇的表情顯得哀傷，她抬起頭看著希洋，發出嘶嘶的聲音。

「放開她！」希洋大喊。

「哼，反正她的巫法也持續不了多久，也是會消失。在我手上消失，才死得其所啊！」大巫奎陰冷的聲音說。

他瞇起眼，手用力使勁，只聽「啵」的一聲，海蛇的形體在眼前灰飛煙滅。

「不！」希洋的驚呼還沒落定，大巫奎已經控制希海來到她身邊，他一手抓住她的手臂，希洋覺得一陣酸麻，接著後頸也被另一隻手掐住，一股陰寒之氣灌入體內，她不能動彈了。

這一切發生得太快，智梟與夔龍來不及阻止。

「妳老老實實的說吧，那個長生石在哪？」大巫奎問。

「我不知道。」希洋冷冷的說。

大巫奎手勁再增加，希洋覺得全身好冷，冷得骨頭都在痛。

「放開她！」智梟射出一道金光，大巫奎拉著希洋，把她擋在身前，智梟趕快改變金光方向，不過還是讓力道打到希洋的腳板，希洋痛得大叫。

「你們兩個最好不要輕舉妄動，不然你們會不小心殺了她喔！」大巫奎嘿嘿冷笑。

「何必這麼倔強呢？如果妳好好說出來，就不用受這些苦啊！」大巫奎稍微鬆一下手，讓希洋可以回答。

「我說……說過……我不知道。」希洋勉強擠出話來。說實在，她雖看過長生石，但是真的不知道長生石確切的地點在哪！

她很感謝媽媽並沒有讓她知道，這樣不管大巫奎怎麼折磨她，她都不會不小心說出來。她嘴角展開一個得意的微笑。

「妳笑什麼笑？」大巫奎非常生氣，大吼一聲，手勁又再加強。希洋只是閉緊眼睛，用力忍耐。

「好！妳忘了是嗎？或許我有辦法讓妳想起來。」大巫奎忽然語氣放軟，不過他的手還是沒放鬆。

他一手繼續捏著她的後頸，一手從希洋的口袋拿出手機，用手機快速的幫希洋照張相。

「你……在幹麼?!手機還我！」希洋緊張的問。

「你們可以看到大巫奎在做什麼嗎？」希洋用通心術問智梟和夔龍。

「不行！」智梟的語氣充滿遺憾。

「妳還好嗎？」夔龍問。

「還好……好痛好冷……」希洋盡量打起精神，「不管大巫奎要做什麼，盡力阻止他，不要管我。」

「希洋啊，妳真的不要固執了，我們好好合作，各取所需，不是很好嗎？」

大巫奎的聲音繼續蠱惑她。「妳說出長生石的地點，我拿到我想要的力量，離開妳哥哥，妳的哥哥也可以因為長生石的力量而不死。妳現在也不用受這些苦，這不是大家都高興嗎？」

「你不要妄想了，我什麼都不知道！」希洋咬緊牙關說。

「真的嗎？嗯，說不定我可以喚醒妳的記憶喔。」大巫奎邪惡的笑著。

「你剛才拿我手機到底做什麼？」希洋感覺非常不安。

「我看妳不管哥哥的生死，可能跟哥哥的感情不好，所以我找人來提醒妳。」大巫奎嘿嘿冷笑。

「什麼意思?!」希洋已經覺得很冷了，現在更是一身冷意。

就在這時候，屋外有人大力敲門。

「是侑銘！」智梟已經看到了。

原來如此，大巫奎用手機拍下她受控制、滿臉痛苦的樣子，引誘侑銘前來救她。

「不不，」希洋在心裡嚷著：「你們快用通心術叫他離開，快，快啊！」

「希洋！我不走。」侑銘大喊，他轉著門把，用力撞門。

大巫奎伸出一隻手，手指指向前門，前門「咿呀」一聲打開，侑銘很快的衝進廚房。

他看到希洋受控制的樣子，倒吸一口氣。

「希海，你在幹麼！放開希洋！」侑銘說。

「那不是希海做的，是大巫奎渡魂到希海的身上。」夔龍告訴他始末。

侑銘驚訝得說不出話來。他氣憤的瞪著大巫奎，向前走一大步，大巫奎馬上更用力的掐著希洋，希洋痛苦的表情讓侑銘停步。

「你們最好都不要亂動。」大巫奎冷冷的說。他輕蔑的一笑，手再一指，一團黑氣湧出，向著侑銘奔去，快靠近他的時候，這團黑氣變成好幾十條細小的黑蛇，這些小蛇奔向侑銘，緊緊的纏住他。

侑銘看著這些小蛇，神色緊張，但是努力的保持鎮靜。

「等等，我不是殺了你的四條黑蛇煙了嗎？怎麼你又可以變出這麼多？」希洋表情很認真的問。

「怎樣？妳是不是以為妳殺了我的黑蛇護衛，我就沒辦法了？」大巫奎得意的笑著。

「對啊，我實在不懂，牠們是你的力量，牠們死了，你應該就沒巫法了！」希洋繼續說。

「在山上時，我本來要用兩條黑蛇吸取那名小男孩的精血之氣，完成渡魂巫法，可是時間不夠，讓妳破壞了。但是其中一條已經吸取一半的力量，讓我有機會逃走。之後我偷偷跟著妳，找到妳哥哥，這個機會更好，妳對他完全沒有防備之心。我用黑蛇吸取他的精血之氣，終於完成渡魂巫法。妳雖然殺了最後一條黑蛇，但是我的能力也恢復了許多，現在我可以喚出這些小黑蛇，雖然牠們還小，但是我想要多少條就有多少條。可是妳啊，妳的鱗片只有四片，用完了，怎麼辦啊？哈哈哈！」

「你怎麼知道我身上只有四片鱗片？說不定我也跟你一樣，要多少有多少啊！」希洋再問。

「哼，妳媽媽跟姊妹們化成海蛇是我施法的，四條海蛇能有多少能耐我會不知道？鱗片是多麼寶貴的東西，單是拿出一片鱗片讓上面有巫法，那已經用上畢生的力量，哪能要多少給多少。」大巫奎不屑的說。

「那……你現在要怎樣？抓到侑銘對你沒好處，他也不知道長生石在哪，快放了他。」希洋喊著。

「希洋啊，妳很狡猾，知道我現在需要妳哥哥的軀體，一時無法對他下手，妳有恃無恐對不對？嘿嘿，不過現在有侑銘了，如果他死了，妳應該會不忍心吧？到時候妳只有去找長生石一條路了。放心，我會陪妳去的。」

大巫奎不再囉唆，馬上手一揚，對著那群小黑蛇施法，小黑蛇一起用力，把侑銘勒得緊緊的。侑銘眼睛緊閉，臉色發青，不能動彈。

大巫奎臉上的冷笑越來越深沉。

這時，智梟跟夔龍同時用通心術對著侑銘跟希洋喊：「現在！」

只見侑銘眼睛睜開，他全身用力，那些像繩子綑綁在他身上的黑蛇群一一被震斷，四下散落。他看著自己的雙手雙腳，臉露喜色。

大巫奎眼睛瞪大，不敢相信，一個沒有巫法的普通小孩，居然可以抵抗他黑蛇的力量。

而這邊，他掐著希洋的手也感覺到異樣，他正要加強力道時，發現有股力量從希洋的體內反衝上來，震得他手掌炙熱，像是握到一塊燒得火紅的鐵塊。他知道鬆手的話就再也抓不住希洋，但是這股力量太大了，他不僅覺得掌心火熱，這股熱還幾乎要燒掉他剛養出來的巫法。他最終忍不住放開手。

希洋一得到自由，馬上轉身，伸手向大巫奎抓去。侑銘也很有默契的上前，同時伸手抓向大巫奎。

大巫奎太過驚訝了，完全無法想像為什麼情勢逆轉。他兩手一揮，更多黑氣像翻滾的濃煙一樣冒出，很快的幻化成一條條的小黑蛇向著兩人而去。

智梟和夔龍迅速飛到空中，施展巫法，橘光、金光同時射出，小黑蛇雖然數目眾多，但是力量遠遠不及四大黑蛇，金、橘兩道光芒沒多久就一一將小黑蛇打散消失。而侑銘跟希洋同時抓住大巫奎的雙肩，一股力量穿透進入他的身體，大巫奎施法想要反擊，卻發現體內空蕩，無力可施，只能眼睜睜看著自己被壓制在地，不能動彈。

「這……到底怎麼回事？」大巫奎喃喃的說，不敢置信。

希洋跟侑銘對望一眼，相視而笑。

原來希洋在使用最後一片鱗片時，祈求大巫奎離開哥哥的身體，讓哥哥不死，可是在海蛇消失前，這樣的請求卻沒達成，她覺得不解又失望。

海蛇的力量被大巫奎捏爆時，希洋非常難過；但同一時間，一個細細的聲音傳進她的腦海裡，是媽媽熟悉的聲音。

「希洋，我知道妳希望可以打敗大巫奎又可以救哥哥，很抱歉，我一個人的力量無法達成，但是妳不要擔心，媽媽和阿姨們的力量已經透過鱗片進入到妳的身體了。所以剩下的就看妳自己了，妳自己的力量，加上我們的力量，一定可以讓妳達成願望的。」

「媽，我要怎麼用自己的力量？」希洋在心裡問。

只是媽媽的聲音已經消失了。

希洋被制伏後，趕緊用通心術告訴智梟跟夔龍這件事，「我到底要怎麼用自己的力量？那是什麼意思？」

夔龍想了想說：「巫法的形成不只是看妳功力多深厚，資質有多高，還要看各人的心性特質。大巫奎有千年巫法，極高的天賦，妳沒有這些，但是妳有的是一顆善良助人的心。另外，妳媽媽和阿姨們的力量加在妳身上，妳的善和愛會讓力量更強大，會幫妳抵抗當年對她們冷酷無情的大巫奎的力量。」

「可是，我沒有千年的時間去研究這個啊！」希洋焦急的說。

「妳先深呼吸，把自己緩下來。」智梟慢慢的呼……呼……呼，讓希洋可以跟著牠的節奏呼氣、吸氣。

「妳不需要千年的時間來知道自己是善是惡，」夔龍嚴肅的說：「堅持自己的善和愛，力量就會一直在。」

希洋調整自己的呼吸，在心裡點點頭。

果然，她感受到體內有股力量在形成，她很興奮，告訴夔龍與智梟自己的發現。

「妳繼續練就下去，但是先不要反抗，讓這股力量更完整。」夔龍說。

這時候，大巫奎拍下希洋受制的照片，讓侑銘過來救她，智梟用通心術勸說侑銘，但是侑銘還是堅持進屋來。夔龍跟智梟想到一個法子，像之前在涼亭保護他們倆那樣，在侑銘進屋前，牠們先施一個巫法在侑銘的身上，這個巫法除了可以保護他外，還有短暫的攻擊能力。

這時，希洋加緊速度統整體內的巫法。為了爭取時間，她故意東拉西扯問大巫奎問題，最後她覺得體內的法力已經聚集了。這時大巫奎也對侑銘下重手，夔龍、智梟算準時間點，同時知會希洋與侑銘，大家一起施法，終於反敗為勝，制伏了大巫奎。

侑銘緊緊壓住希海的身體，智梟、夔龍也施展全副巫術，控制大巫奎的力量。希洋握住哥哥的手腕，兩個尖銳的黑色傷口出現在眼前。她看著那傷口，感覺到自身的一股力量在手中形成。

一道淡藍的光圈出現在手掌心，她把這光圈射在哥哥手腕的傷口上。

希洋看進哥哥的眼睛，柔聲的說：「哥哥，這是媽媽和阿姨們的力量，還有我的力量。現在，我們也需要你自己的力量幫忙，我們一起趕走大巫奎的力量。」

希海點點頭，但是又猛烈的搖頭，大巫奎的力量還在做最後的掙扎。

淡藍光圈從傷口進去，上升到手臂、胸口，一部分往上到頸子、頭頂，一部分橫過胸口，來到另一隻手臂，另一部分往下漫延至腹部、大腿，最後來到腳底。

一道黑影出現在希海的腹部，試圖要抵抗淡藍光的力量。

「哥哥，」希洋呼喚著希海，「你一定可以的，你要努力，把大巫奎的力量推出去。」

黑影跟淡藍光互相推擠，一時之間，互有消長。終於，淡藍光的力量慢慢穩定，從四肢末端開始，推著黑影，緩緩的向身軀集中，接著推往希洋握著的手臂，往下來到傷口；最後，淡藍光再用力一推，把黑影從兩道尖銳傷口中推出，形成兩滴濃濁黑色的液體。

淡藍光圈環繞著兩滴黑色液體，像是揉麵團那樣在空中揉擠推壓，兩滴黑血慢慢變小，顏色變淡，最後消失不見。淡藍色的光圈也慢慢變淡，消失在大家的眼前。

小小的廚房一片靜默，大家都還驚魂未定。

「呼呼！」智梟首先吆喝，「你們除去大巫奎了！」

「所以，他真的不存在了？」侑銘謹慎的問。

「是的，」夔龍用難得輕鬆的口吻說：「他再也不能危害人間了，長生石也能繼續安全的守護世界。」

「哥哥，你覺得怎樣？」希洋把希海從地上扶起來。

「頭昏昏的。」希海站起身來，看看希洋、侑銘，還有在空中飛的智梟與夔龍。

「你們誰可以解釋一下，那個什麼大巫奎的力量，到底怎麼回事？為什麼會跑到我身體裡面？」希海滿臉疑問。

希洋微笑著，「我來說好了。你記不記得幾個月前，我們一起潛水，我把你的小刀弄丟的事？那天我找到一塊玉……」

第四部

回家

27 擊掌

雙羊玉跟青銅鈴首刀都在侑銘的桌上，智梟跟夔龍在上空盤旋，希洋跟侑銘坐在書桌前看著牠們。

「大巫奎的力量已經不存在了，我們的任務也算完成了。」智梟說。

「是啊，總算在三千年後，圓滿解決。」夔龍說：「本來以為這只是我跟智梟的事，沒想到事情複雜許多，還牽扯到大巫奎的四名徒兒，其中一個還是希洋的媽媽。」

「整件事是連起來的一個大環，希洋是這個環的關鍵。」侑銘微笑的說。

「你也是啊，」希洋不好意思的笑笑，「沒有你，我找不到另外一個靈羊玉，找不到這把鈴首刀啊。」

「大家都有很大的功勞啊！」智梟說。

「合作愉快！」希洋開心的說。

她舉起手，侑銘也有默契的舉起手跟她擊掌，智梟跟夔龍則各自射出金光跟橘光，在空中與兩人的手掌相擊。

「你們倆會回去玉佩上跟刀上嗎？」希洋問。

「呼，都已經出來了，我才不要回去，我要到處去看看，看看這個新的世界。」智梟開心的呼呼呼。

「那你呢？」侑銘看著夔龍。

「我都好，不過我跟智梟是一起的，既然牠想到處走走，我也和牠一道去見識一下。」夔龍說。

「那你們要常來跟我們說說，你們看到了什麼好玩的東西喔。」希洋帶著羨慕的口吻。

「好！」智梟跟夔龍同時說。

二人一梟一夔龍再度在空中擊掌。

28 再見媽媽

希洋瞄了一眼潛水氣壓表，一切都在計畫中，希海在後面游著，緩緩跟著妹妹的方向前進。他們一起來到海扇的位置，這裡，爸爸帶他們來過無數次，他們再熟悉不過了。

希洋放慢速度，憑著記憶仔細的看著岩壁，想找出上次媽媽按的那塊圓形白色石頭，但是她怎麼找都找不到。

這時，她聽到一陣急促咚咚咚的聲音，那是哥哥用小刀敲擊鋼瓶的聲音。她回頭看，哥哥手指著遠方。她也看到了，有四條海蛇向他們游來。希洋瞪大眼睛，對著哥哥點點頭。

四條海蛇游到他們身邊，牠們頭尾相連，像一個呼拉圈那樣，把兩人圍在中間，這個圈圈轉了起來，越轉越快，兩人看得都頭昏了。等到回過神來，他們發現自己在一處寬廣的白色沙地上，希洋認出來，就是上次媽媽帶她來過的地方。

四條海蛇此時在他們的面前恢復人形，她們長得幾乎一模一樣。希海雖然已經聽希洋講述經過，但是還是看得目瞪口呆。

媽媽來到他們的面前，跟上次一樣，替他們除去裝備，然後媽媽口中吐出兩個氣泡，兩個氣泡碰上他們的皮膚，他們馬上可以自在的呼吸跟講話。

「媽媽！」希海跟希洋忍不住上前抱住媽媽。

「我好想你們啊！」媽媽輕聲的說。

母子三人緊緊的擁抱，好久好久，都捨不得放開手。

「讓我好好看看你們。」媽媽放開手，很用力的看著兄妹兩人。「你們太讓人驕傲了，快詳細跟我說你們打敗大巫奎的經過！」

「媽，妳知道嗎……」希洋、希海兩兄妹輪流你一句，我一句，描述了驚險的過程。

媽媽微笑著認真的聽了每字每句。

「長生石呢？」希洋看看四周，沒發現上次見到的長生石。她也想讓哥哥看看。

「我們將它移到另一個安全的地方。」媽媽微笑著說：「等我們都走後，世上就再也沒有人知道它在哪了。」

「什麼意思？妳們要去哪？」希海問。

「妳可以跟我們回家嗎？」希洋興奮的問。

媽媽搖搖頭。

「我們四姊妹在被大巫奎的黑蛇咬到時，壽命本來就該終了，能活到現在，完全是因為大巫奎的力量一直都在。只要他想奪取長生石的念頭不散，我們守護長生石，不讓它被大巫奎奪走的任務就沒完成。現在，大巫奎消失了，我們的任務也結束了，多餘的生命也該回歸自然了。」媽媽口氣自在。

「不不，媽媽，妳不能走啊！」希洋焦急的說。

「對啊，我好不容易知道妳的事，怎麼可以……」希海沒想到才剛見面沒多久，就又要分離了。

「不要難過，你們要想著，本來我就不在了，是你們的善良、勇敢，才得到這次額外的見面機會，我們應該要好好感謝喔。」媽媽微笑的說。

希洋跟希海知道這道理，但是還是覺得好傷心，好難受！想到要再一次離別，心裡就好痛！

媽媽過來擁抱他們。在媽媽的懷中，一股穩定的氛圍在他們之間流轉，慢慢的，他們雖然還是感傷，但不再難以承受。

「謝謝你們來看我，我們姊妹要走了，你們也要好好照顧自己，照顧爸爸。想念我的話，就來潛水，不見面，不代表懷念就不在。」媽媽柔聲的說。

希洋和希海用力抱著媽媽，噙著淚水點點頭。

三位阿姨也過來給他們一個大擁抱。

當擁抱的手臂離開時，希洋、希海發現他們已經離開海底沙地，回到大海扇的礁石附近，身上也回到穿潛水裝備的樣子。

他們再度覺得感傷，但是氣瓶的氧氣量不能讓他們無限的待在海裡。希海豎起大拇指，比著上升的手勢；希洋忍著悲傷，點點頭。

他們做了安全停留三分鐘，上升到水面，然後游回岸邊，走回潛水店。

兩人默默的把裝備泡水的泡水，沖洗的沖洗，歸位的歸位，洗個澡，並肩走路回家。

「好餓啊，妳中午想吃什麼？」希海問。

「不知道，下水餃好了。我記得還有一包。」希洋站起來去翻冷凍庫。

希海走過去，把冰箱門關起來，希洋狐疑的看著他。

「走，我們去市場。」希海拿起安全帽，也遞給希洋一頂。

「幹麼？」

「我們去買材料，自己做水餃，像媽媽以前在家那樣。」希海對著希洋眨眨眼。

希洋看著哥哥，流著淚，微笑點頭。

知識＋

再訪故宮——一趟Q&A的知性之旅

這天，轉了幾趟車，希洋和侑銘再度來到故宮。不像頭一次那麼生疏，這回兩人熟門熟路的，很快就來到館內的306陳列室，站在〈龍冠鳳紋玉飾〉的展示櫃前，細細欣賞。

自從智梟跟夔龍跑去環遊新世界之後，大家已經很久沒有相見了，希洋和侑銘一直很想念這兩位「老——」朋友。現在看到這塊玉飾，一龍一梟，一上一下，思念的感覺好像稍微舒緩了，而那段日子的奇幻畫面也一幕幕的在腦海裡閃過。

這些時日，兩人對於商朝的古文物產生了不少好奇心，他們甚至寫了電子郵件到故宮，提問關於青銅器與〈龍冠鳳紋玉飾〉的一些問題，沒想到真的收到回信了。好開心！

解答問題的是故宮器物處的蔡慶良博士。博士就是博士，他幫忙提問了更多問題，每一道提問的解答都充滿了智慧與專業，讓希洋和侑銘覺得自己也變得很有學問。今天再度拜訪故宮，兩人也希望能夠運用這些新知識，來一趟商朝古文物的知性之旅。

博士的Q＆A太珍貴了，希洋和侑銘覺得一定要貼文給大家看，讓大家也能藉此認識商朝的文物。

蔡博士的Q＆A

國立故宮博物院　器物處研究人員　蔡慶良博士

Q：青銅劍真能削玉如泥嗎？玉器是使用什麼工具製作出來的？

A：玉的質地極為堅韌，依據莫氏硬度標準（共分一～十級，數字愈大硬度愈高），玉的硬度介於六～六．五之間，青銅的硬度則遠遠不如，所以青銅劍是砍不動、雕不了玉器的。

要製作玉器，只能尋找硬度更高的礦物（例如金剛石），搗碎研磨成細小顆粒（一般稱為解玉砂），接下來將解玉砂黏附在各式工具上，例如砣具、片具、管具等，再一點一滴琢磨玉料成器，所以《三字經》中才會說「玉不琢，不成器」，而非「玉不雕，不成器」。

Q：〈亞醜方尊〉器內有銘文「亞醜」，是距今三千多年前商代晚期貴族的族徽，這是什麼樣的家族呢？除了這件方尊，亞醜家族還有製作其他器物嗎？商代青銅器還有發現其他大家族的族徽嗎？

A：商代青銅器上所見的大家族名稱很多，通常被稱為「族氏銘文」，這些標識族氏的銘文起源不同，大致可分為血緣性質、地緣性質、職業性質三種。「亞醜」家族以血緣為主，因家族所在地域，所以包括若干地緣性質的成員。

除了〈亞醜方尊〉外，國立故宮博物院還收藏多件亞醜家族的簋、觚、鼎等。而自清代以來，已發現一百多件此家族的青銅器，考古出土地點集中在山東青州蘇埠屯晚商墓地，該墓地編為1號的大墓，是安陽殷墟西北崗王陵區之外唯一具有四條墓道的晚商大墓，可見其等級地位之高。據研究，晚商時代致力於開發東方，亞醜家族即是受商王朝之命在東方建立的最前沿殖民據點，所以，從其在商王朝的地位來看，能鑄造這樣精美的青銅器，並不奇怪。

近年北京大學董珊教授已將「亞醜」改釋為「亞酌」，並沿用金石學家郭沫若的舊說，指出「酌」來自於商代晚期人物「小臣酌」，此人應是家族重要人物，所以就以「小臣酌」的私名「酌」作為族名。

Q：〈鈴首曲背彎刀〉的刀柄末端有一顆鈴鐺，鈴鐺具有什麼功能呢？好像跟一般看到的商代兵器造型不太一樣？刀做成彎的，是基於什麼樣的目的呢？這把彎刀，當時可能的用途是什麼呢？

A：〈鈴首曲背鑾刀〉的鈴首，目的就是為了發出鈴鐺的聲音。這種刀叫作「鸞刀」，與「鑾鈴」兩者之「鸞」、「鑾」聲同義通，《詩經．小雅．信南山》：「執其鸞刀，以啟其毛，取其血膋」，《毛傳》：「鸞刀，刀有鸞者，言割中節也。」就是說割牲的時候，會發出有節奏的聲音，鬼神聽到這個聲音，就會來享受祭祀。

鑾刀可刺易割，是宰殺並肆解牲體的刀，如同今日屠夫的放血刀或剔骨刀。所以這把鑾刀當時的用途是在祭祀時殺牲並做初步分割處理，並非戰爭所專用。

Q：〈龍冠鳳紋玉飾〉是商代晚期作品，有什麼特殊功能嗎？龍疊在鳳頭之上，有什麼含義嗎？這件玉飾的顏色不均勻，尤其底端邊緣顏色特別深，是否有什麼原因？商周時期的玉器經常會有像迴紋針一樣迴圈狀的紋樣，為什麼有這樣的設計呢？

A：這件玉器是插接在長桿頂端，用以召喚祖靈降臨的法器，所以鳳鳥和如同頭冠的玉龍，皆是為了增加超自然法力的神物。因為玉器底端常年插接在桿中，和器身所處環境不同，時間久了顏色也有所不同。

因為是特殊法器，所以商周玉器的紋飾也有特殊的形式，學者稱為「羽紋」或「氣紋」，象徵天地之間生生不息的元氣。

Q：商代為什麼要做青銅器？製作青銅器所彰顯的意義和目的是什麼？這是一般人使用的嗎？

A：商代製作青銅器的過程極為繁複，成本之高，非現代人能想像。既然耗費大量的資源才能鑄造完成，用途顯然也非一般。商代青銅器皆是盛放祭品，用來祭祀神靈祖先的重器，唯有用此等重器，才能代表祭祀者虔誠敬畏的內心。

Q：現在的玉器都很晶瑩光亮，為什麼古代玉器的色澤卻較黯淡呢？它們的功能也像現在是裝飾品嗎？相較於其他材質，為什麼古代賦予玉這麼多神奇的功能與意義呢？

A：古代玉器在漫長的流傳歲月中，經歷了佩戴、盤摩、埋藏等等，就如同膚色經過風吹日曬之後也會變化一樣，古玉表面的色澤也會漸漸黯淡。

商代和西周的玉器，多作為祭祀用的祭器，或彰顯大貴族身分和血統的禮儀重器，規格之高，絕非今日裝飾品可比。玉器會有如此高的規格，在於當時的人相信其內蘊藏日精月華，具有超自然的神力。

故事館
小麥田 長生石的守護者 精裝版

作　　者　陳郁如
封面插畫　蔡兆倫
封面設計　莊謹銘
協力編輯　曾淑芳
責任編輯　巫維珍

國際版權　吳玲緯
行　　銷　何維民　吳宇軒　陳欣岑　林欣平
業　　務　李再星　陳紫晴　陳美燕　葉晉源
編輯總監　劉麗真
總 經 理　陳逸瑛
發 行 人　凃玉雲
出　　版　小麥田出版
地址：10483台北市中山區民生東路二段141號5樓
電話：(02)2500-7696
傳真：(02)2500-1967
發　　行　英屬蓋曼群島商家庭傳媒股份有限公司城邦分公司
地址：10483台北市中山區民生東路二段141號11樓
網址：http://www.cite.com.tw
客服專線：(02)2500-7718｜2500-7719
24小時傳真專線：(02)2500-1990｜2500-1991
服務時間：週一至週五09:30-12:00｜13:30-17:00
劃撥帳號：19863813　戶名：書虫股份有限公司
讀者服務信箱：service@readingclub.com.tw
香港發行所　城邦（香港）出版集團有限公司
地址：香港灣仔駱克道193號東超商業中心1樓
電話：+852-2508-6231
傳真：+852-2578-9337
馬新發行所　城邦（馬新）出版集團【Cite(M) Sdn. Bhd. (458372U)】
地址：41-3, Jalan Radin Anum, Bandar Baru Sri Petaling,
57000 Kuala Lumpur, Malaysia.
電話：+6(03) 9056 3833
傳真：+6(03) 9057 6622
讀者服務信箱：services@cite.my
麥田部落格　http://ryefield.pixnet.net
印　　刷　漾格科技股份有限公司
初　　版　2022年4月
售　　價　399元

ISBN 978-626-7000-51-9

Printed in Taiwan.
本書若有缺頁、破損、裝訂錯誤，請寄回更換。

國家圖書館出版品預行編目資料

長生石的守護者 / 陳郁如著. -- 初版. -- 臺北市：小麥田出版：英屬蓋曼群島商家庭傳媒股份有限公司城邦分公司發行, 2022.04印刷
面；　公分. -- (故事館)
ISBN 978-626-7000-51-9(精裝)

863.59　　111003655